SCOMPARSO

LA SERIE LUCA MYSTERY

DAN PETROSINI

DAN PETROSINI
MYSTERY & SUSPENSE AUTHOR
www.danpetrosini.com

Disponibile in formato eBook, cartaceo e audio.

Prima edizione: 2025

ISBN Print: 978-1-960286-53-6

Naples, Florida, USA

RINGRAZIAMENTI

Un ringraziamento speciale a Julie, Stephanie e Jennifer per il loro affetto e sostegno, e un grazie al sergente di squadra Craig Perrilli per i suoi consigli sul mondo reale delle forze dell'ordine. Mi aiuta a restare aderente alla realtà.

1

STEWART

«*Nessuna distanza percorsa sulla strada sbagliata ti condurrà alla destinazione giusta*». - *Ben Gaye III*

3 maggio

Mi mossi a disagio sulla sedia mentre Kevin Greely perorava la sua causa di fronte al nostro cliente più importante. In ballo c'era un contratto enorme per un impianto di desalinizzazione che volevamo, anzi, di cui avevamo bisogno, ma il modo in cui il mio capo strisciava era nauseante.

Il telefono vibrò di nuovo, la terza volta in cinque minuti. Diedi un'occhiata intorno al tavolo. Tutti gli sguardi erano fissi sulla presentazione in PowerPoint, così infilai una mano nella giacca per dare una sbirciatina. Fissai il numero mentre il telefono continuava a vibrare.

Era lei.

Spinsi indietro la sedia, scostandomi dal tavolo da riunione e attirando l'attenzione che tanto temevo.

«Ehm, scusate. Devo rispondere. Un'emergenza familiare. Torno subito».

Gli occhi di Greely mi fulminarono mentre diceva: «Si sbrighi, Dom, dopo tocca al Suo settore».

«Dovrei metterci solo un minuto». Sgattaiolando fuori dalla stanza, sapevo che avrei dovuto inventarmi qualcosa di credibile per tenere a bada Greely. Ragazzi, quanto odiavo leccare il culo. Questo lavoro non era niente di speciale, solo un ripiego, e per di più la paga faceva schifo. Dovevo andarmene, e in fretta.

Premendo il tasto per richiamare, mi rannicchiai vicino a una colonna, tenendo d'occhio la porta della sala riunioni.

«Dom?»

Un brivido, un misto di euforia e nausea, mi salì dallo stomaco al naso. Mi sentivo come un ragazzino di quinta elementare che chiama la sua cotta dal bagno. Mi venne in mente la frase: «Le cose belle arrivano a chi sa aspettare».

«Ehi, Robin, scusa, ero in una...»

«Phil non è ancora tornato. Sai dove si trovi?»

«Ne sei sicura?»

«Non è tornato a casa neanche ieri notte e oggi non si è presentato al lavoro. Dove diavolo è? Temo che gli sia successo qualcosa».

Aveva bisogno di essere rassicurata, e io gliel'avrei data.

«Sono sicuro che tornerà...»

«Basta con le stronzate, Dom, me l'hai detto anche ieri. Dove diavolo è?» Sembrava nel panico.

«Non lo so, Robin».

«Oh, andiamo, a te dice tutto».

Perfettamente esatto. «Senti, sono sicuro che sta bene, ma hai provato a controllare in giro, tipo negli ospedali?»

«Certo. Ho controllato all'NCH Downtown e North, al

Lee Memorial, all'Health Park, persino al Physicians Regional, anche se non ci andrebbe mai. C'è qualcosa che non va, lo sento».

Non potevo che essere d'accordo con lei. «Sono sicuro che c'è una spiegazione. Devi mantenere la calma. Non saltiamo a conclusioni affrettate. D'accordo, Robin?»

«Lo so, ma senti, a me puoi dirlo. Voglio solo sapere». Alzò la voce. «Phil se la sta spassando di nuovo? È scappato con un'altra delle sue ochette?»

Non c'era bisogno di ricordarmi che Phil collezionava donne come francobolli. La cosa pazzesca era che era da folli farlo, visto che aveva Robin.

Robin e Phil erano sposati da dieci anni, alcuni buoni, altri cattivi. Ricordo il giorno in cui si erano sposati. Robin era un ottimo partito: bella e, ad appena venticinque anni, guadagnava un sacco di soldi. Quel giorno di nozze era stato agrodolce per me perché Phil era un amico di una vita, il fratello che non avevo mai avuto. Loro due formavano una coppia così stupenda da risultare deprimente.

Anche il mio amico, Phil Gabelli, non era da meno. Odiavo competere con lui per le ragazze quando eravamo più giovani. Il fatto è che non ho mai smesso di competere con lui. Persino da sposato con Robin, continuava a pescare nel mio stesso mare. Aveva Robin, voglio dire, chi diavolo altro si potrebbe desiderare?

La porta della sala riunioni si aprì con un gemito e Greely, con un'espressione severa, disse:

«Tocca a Lei, Stewart!»

Alzai un dito. Greely scosse la testa, fece un cenno col pollice e sparì. Cavolo, non vedo l'ora di mandarli tutti a farsi fottere.

«Senti, Robin, so che sei sconvolta, ma sono sicuro che salterà fuori. Lo fa sempre».

«Non so cosa fare, Dom. Stavolta è diverso, lo sento».

In sottofondo, sentii squillare il suo cellulare.

«Non preoccuparti...»

«Aspetta un secondo. Oh, devo andare. È il detective che si occupa del caso».

Detective? Caso? I detective vengono coinvolti in una denuncia di scomparsa? Cercai il mio inalatore. Probabilmente era normale. Robin era una maniaca del controllo. Era una delle cose che amavo di lei, anche se Phil non la pensava allo stesso modo. Lei spingeva con una determinazione implacabile, usando le maniere forti o il fascino, per ottenere ciò che voleva.

Phil se ne lamentava con me, ma io sapevo che era il motivo per cui aveva così tanto successo. Lui non sapeva come gestirla, ma io la trovavo facile da trattare. Come dicevo a Phil, sopportare le sue manie era un piccolo prezzo da pagare per tutti i soldi che portava a casa.

2

STEWART

GUARDANDOMI ALLO SPECCHIO, la barba delle cinque mi dava fastidio. Mi rasai e indossai un bel paio di jeans e una camicia nuova che avevo comprato in una boutique dei Waterside Shops. Volevo avere un aspetto casual ma elegante, qualunque cosa significasse, perché stava per arrivare un detective di nome Frank Luca.

Luca era alto circa un metro e ottanta e di bell'aspetto, come Phil. Mi chiesi subito cosa ne pensasse Robin.

Feci per stringergli la mano, ma lui mi mostrò il suo tesserino ed entrò.

«Non ci vorrà molto, sono qui solo per avere qualche informazione sul signor Gabelli.»

«Nessun problema, agente, o dovrei dire detective? Come devo chiamarLa?»

«Beh, se mio padre fosse qui, direbbe di chiamarmi come voglio, basta che l'assegno sia al portatore.» Luca sorrise. «Detective, agente, Frank, per me è lo stesso.»

«Certo. Suo padre è ancora vivo?»

Luca scosse la testa. «No, è morto da circa cinque anni. Faccio ancora fatica a crederci.»

«Sì, so cosa vuol dire. Ho perso mia madre due anni fa e mi fa ancora male. Mi piace quello che ha detto la regina Elisabetta: "Il dolore è il prezzo che paghiamo per l'amore". Bella citazione, vero?»

Luca annuì e tirò fuori un taccuino dalla giacca.

«Possiamo cominciare?»

Tirai fuori un paio di bottiglie d'acqua e ci sedemmo al tavolo della cucina.

«Pazzesco che Phil se la sia filata, non è vero?»

«Lei dice che se l'è filata; aveva qualche motivo particolare per scappare?»

«Beh, sa, Phil era, non so, irrequieto. Non riusciva a stare fermo un minuto, a meno che non fosse seduto su uno sgabello da bar a chiacchierare con una signora.» Sorrisi.

«A Phil piaceva bere e andare a donne?»

«Beh, non beveva poi tanto. Senta, io e Phil ci conosciamo da una vita. Voglio dire, siamo culo e camicia. Mi ha tirato fuori da così tanti guai che ho perso il conto. Non vorrei parlarne male o che.»

«Capisco. Sto solo cercando di ottenere qualche informazione da cui partire. Qualsiasi cosa mi dica resterà tra noi. Devo capire se è scappato o se gli è successo qualcosa.»

Mi sporsi in avanti. «Cosa intende? Tipo che è ferito o...»

Luca alzò un palmo. «Non lasciamoci trasportare. Il mio lavoro è investigare sulla sua scomparsa e seguire le piste, buone o cattive, ovunque portino. Ora, stava dicendo che al suo amico piaceva cambiare spesso partner.»

Sorrisi. «Giusto, anche se questo non è giusto per Robin. È una forza, non trova?» Volevo che Luca reagisse, ma non mi diede alcun indizio su cosa pensasse di lei.

«Beh, Phil è unico nel suo genere. Diciamo che non ha mai avuto problemi con le donne. Sono sicuro che Lei sappia cosa si prova, vero detective? Voglio dire, con il Suo aspetto. Ehi, sa una cosa?» Schioccai le dita. «Lei assomiglia a George Clooney. Sì, ecco. Caspita, è la sua copia sputata. Glielo diranno spesso.»

Luca accennò un sorriso e scosse la testa. Che musone.

Disse: «Continui.»

«Diciamo solo che Phil sfruttava appieno la sua situazione. Tutto qui.»

«La sua situazione?»

«Sa, il suo aspetto, il suo modo di fare con le donne. Lo si potrebbe definire stile. In pratica era irresistibile.»

«E sua moglie era a conoscenza delle sue,» Luca mimò le virgolette con le dita, «attività?»

Mi accigliai. «Sì, lo sapeva. Robin si incazzava e minacciava di buttarlo fuori, ma Phil riusciva a farsi perdonare, facendo le solite vecchie promesse. E Robin ci cascava ogni volta.»

«Pensa che forse si sia stancata di essere presa in giro?»

«Cosa? Non penserà che...? No, impossibile. Non farebbe mai del male a nessuno, né a Phil né a chiunque altro.»

«Devo chiederlo.»

«Sì, so che la maggior parte delle volte è il coniuge, ma ehi, probabilmente è solo,» abbassai la voce di un tono, «rannicchiato con qualche gattina.»

«Robin ha detto che lei e Phil siete culo e camicia e che se qualcuno sa dov'è, quello è lei.»

Robin? La chiama già per nome?

«Sì, io e Philly ci conosciamo dai tempi delle elementari. Abbiamo giocato nella Little League, siamo andati al liceo insieme e tutto il resto. Robin Le avrà probabilmente detto che sono stato il suo testimone di nozze.»

Luca annuì in silenzio.

«Ma davvero, non so dove sia andato. Vorrei saperlo.»

«Sa se avessero problemi finanziari?»

Scossi la testa. «Assolutamente no. È Robin che porta a casa il pane, e anche parecchio.»

Luca chiese: «Forse aveva lui dei problemi economici.»

«No, lei guadagna più che a sufficienza, e mettono tutto in comune.»

«Lei sa che mettono i soldi in comune?»

«Come le ho detto, Phil mi racconta tutto.»

Il detective annuì. «Sa qualcosa, o un qualsiasi motivo per cui possa essere sparito?»

«Non proprio. Ha avuto un paio di storielle durate un po', ma, non so, immagino che potrebbe essersene andato con una delle sue tipe. Sa, il suo non era il migliore dei matrimoni, e a volte diceva di volersene andare via.»

«Lo prendeva sul serio, o era una di quelle fantasie che fanno in molti quando attraversano un momento difficile?»

Feci spallucce. «Direi come chiunque altro.»

Luca mi chiese di fare i nomi di tutte le ragazze, attuali ed ex, di Phil che riuscissi a ricordare. Dopo aver scarabocchiato sul suo taccuino, Luca si alzò, segnalando che la chiacchierata era finita. Mentre lo accompagnavo alla porta, mi chiese: «C'è qualcuno, che lei sappia, con cui avesse dei conti in sospeso? Qualcuno che potesse avere un motivo per fargli del male?»

Finalmente, una buona domanda. «Beh, a essere onesto, a volte Phil sapeva essere un simpaticone. Gli piaceva rompere le palle. Capisce cosa intendo? Niente di cattivo, ma a volte la gente poteva prenderlo nel modo sbagliato. Sa com'è, no?»

«Qualcuno che lei pensa possa averlo preso nel modo sbagliato?»

Gli feci un paio di nomi e se ne andò.

3

LUCA

I CASI DI PERSONE SCOMPARSE NON SONO IL MIO FORTE, MA dato che di omicidi ce ne sono pochi lungo la Gold Coast della Florida, sono una pausa dal dare la caccia ai ladri d'appartamento. La maggior parte di questi casi si riduce a qualcuno che è scappato di casa o a un omicidio, il che, come ho detto, è raro, specialmente a Naples. Era probabile che questo tizio si sarebbe rivelato uno che se l'era filata.

Mentre interrogavo la moglie, non riuscivo a immaginare che quel Phil Gabelli l'avesse piantata. La moglie si chiamava Robin, e caspita, che schianto. La donna cominciò a ipnotizzarmi mentre parlavamo, finché non mi resi conto che urlava "personalità di tipo A" da tutti i pori, cosa che represse i miei istinti ormonali. Sa, i tipi A pensano di essere più furbi di tutti. Sono anche noti per essere pianificatori fanatici. È ciò che li rende persone di successo, ma da detective della Omicidi sapevo che sono anche quelli che pensano che la loro meticolosa pianificazione permetterà loro di farla franca.

Rivalutai la situazione. Sembrava piuttosto distrutta, ma

qualcosa non quadrava. La moglie si stava trattenendo, ma si trattava solo delle solite questioni personali che nessuno ci rivela all'inizio, o di qualcosa di più sinistro? Era difficile da decifrare. Avrei avuto bisogno di più tempo faccia a faccia, ma era ancora presto e, chissà, suo marito poteva spuntare fuori da un momento all'altro.

La moglie insisteva perché parlassi con l'amico di una vita di suo marito, un tipo di nome Dom Stewart. Era un classico diversivo o stava davvero cercando di andare a fondo della scomparsa del marito?

Guardai le foto che mi aveva dato la moglie di Gabelli. Non sono dell'altra sponda, ma non c'era dubbio che questo tizio fosse un bell'uomo.

Dai, amico, parla con me. Dove diavolo sei? Perché non fai una telefonata a tua moglie?

Mettendo da parte le foto, finii di compilare una denuncia di scomparsa. Poi feci un controllo nel sistema sull'amico, Dom Stewart. Non venne fuori nulla, nemmeno una multa per eccesso di velocità. Stewart era uno stinco di santo.

Il sole batteva sulla mia scrivania e regolai le veneziane. Ero in paradiso solo da due anni e mi erano serviti tutti, fino all'ultimo giorno, per superare la perdita del mio collega e migliore amico, J. J. Cremora.

Era dura andare al lavoro in New Jersey e fissare la scrivania vuota di J.J. La sua morte improvvisa, a causa di un infarto, era stato uno shock che non avevo ancora superato. Il fatto che fosse morto il giorno in cui il mio divorzio venne ufficializzato suggellò l'idea di trasferirmi a Naples. Ci furono degli assestamenti, ma la transizione andò meglio del previsto.

I meridionali sono molto più svegli di quanto creda il resto del Paese, be', almeno qui nell'ufficio dello sceriffo. Dopo il mio arrivo, mi avevano fatto fare il giro con un po' di colleghi temporanei, sapendo che avrei avuto bisogno di tempo. Alla fine, mi avevano messo in coppia fissa con Mary Ann Vargas, che, dovevo ammetterlo, era una brava poliziotta. In quel momento era in ferie, non che avessi bisogno della mia collega per occuparmi di questo caso.

Spiluccando gli avanzi della cena del Cinco de Mayo della sera prima, aggiornai il fascicolo con il rapporto e l'interrogatorio e caricai una foto del tizio scomparso. Non c'era nient'altro di urgente, così chiamai questo Stewart e tornai fuori al sole.

———

STEWART VIVEVA A NORTH NAPLES, in una delle centinaia di comunità recintate che davano alla gente un falso senso di sicurezza. Non riuscivo a immaginare di avere dei figli e di dover avere a che fare con le guardie giurate da quattro soldi ai cancelli per accompagnarli e riprenderli. Il lato positivo, però, era che Pelican Perch rappresentava un altro esempio di comunità magnificamente curata, luminosa e allegra.

Dom Stewart viveva in una coach home di medie dimensioni al secondo piano. Dappertutto, questo tipo di residenze è chiamato villette a schiera. Calcolai che quel posto valesse circa trecentocinquantamila dollari. Ecco un'altra cosa: quaggiù tutti sono fissati con il mercato immobiliare. Non riesco a ricordare l'ultima conversazione in cui il prezzo di una casa non si sia intrufolato nel discorso. Io? Colpevole, era divertente parlarne.

Comunque, Stewart aprì di scatto la porta della sua casa rosa corallo un millisecondo dopo che ebbi suonato il campanello. Non mi è mai piaciuto quando succede; mi rende sospettoso. Stewart era alto circa un metro e settantacinque, pesava settantadue chili e aveva i capelli castani. Sembrava il tipo di persona maniaca del proprio garage. Sa di chi parlo, quelli che hanno il pavimento verniciato con una finitura lucida e tutto appeso, niente per terra.

Stewart indossava una camicia azzurra con i bottoni e un paio di jeans da trecento dollari. Stava cercando di fare colpo per il nostro colloquio, o era solo uno di quei maniaci dell'ordine? Gli mostrai il distintivo e ci dirigemmo in cucina. Accidenti, il posto era pulito ma scarsamente arredato e avrebbe avuto bisogno di essere rimodernato. Abbassai la mia stima del valore a trecentoventicinquemila dollari al massimo.

Stampe di tipo motivazionale erano appese ovunque. «Possa tu vivere tutti i giorni della tua vita». Dovetti leggerla due volte prima di capirla. «La vita non è trovare se stessi. La vita è creare se stessi». «La fortuna aiuta gli audaci».

Sul frigorifero c'era una calamita che proclamava: «Carpe Diem». Stewart aprì il frigo, rivelando uno scaffale di bottiglie d'acqua allineate come soldati. Ne afferrò due prima di sedersi.

Non sembrava nervoso, ma o amava parlare o si stava sforzando di creare un legame con me. Avrei dovuto tenere in riga quel tipo, o sarei rimasto lì tutto il giorno. Presi qualche appunto lungo il percorso, ma sembrava proprio che il buon vecchio Phil se la fosse filata con un'altra. A quanto pareva, era una calamita per le donne.

Fu interessante ma non sorprendente scoprire che Phil era un po' saccente. Quando le cose arrivano un po' troppo facilmente, molti diventano troppo sicuri di sé, e questo a qualcuno di noi dà fastidio. Forse aveva davvero fatto incazzare qualcuno. Non sarebbe stata la prima volta che un Romeo veniva fatto fuori per aver giocato con la Giulietta di un altro.

Ripensai a ciò che Stewart aveva detto sui tizi a cui non piaceva l'arroganza di Phil. Fece tre nomi, ma c'era qualcosa nel suo linguaggio del corpo quando menzionò quel tale Turnberry?

4

STEWART

«*FARE CIÒ CHE VUOI È FACILE. FARE CIÒ CHE DEVI È DIFFICILE*». - Larry Elder

ROBIN MI SCRISSE SUBITO dopo aver visto Luca per dirmi che aveva messo insieme una squadra di ricerca. Non posso dire di esserne rimasto sorpreso; non era tipo da starsene con le mani in mano. Ero contento che mi avesse scritto, ma infastidito dal fatto che non mi avesse detto in anticipo che ci stava pensando. Ad ogni modo, stavo arrivando, ma non c'era dubbio che una squadra di ricerca mi sembrasse una cosa strana e non volevo parteciparvi.

Robin viveva in una bella zona di Pine Ridge Estates, dove i lotti erano grandi e le case andavano da un milione e mezzo fino a nove e più. Mi piaceva. Aveva una buona posizione e un'atmosfera tutta sua. In più, il nome aveva un che di elegante e altolocato. La sua casa valeva più di tre milioni: avevo controllato.

Quando accostai davanti a casa, il vialetto di autobloccanti grigi era pieno di macchine. Una piccola folla si era radunata sotto il portico d'ingresso della casa. Diedi un'occhiata all'abitazione mentre scendevo dall'auto. Era sempre perfettamente curata e quel giorno non faceva eccezione.

Robin, con una cartelletta in mano, era sulla soglia. Affrettai il passo, smorzando il sorriso mentre salutavo con un cenno del capo e le scivolavo accanto per un rapido abbraccio. Il suo cellulare vibrò. Caspita, che buon profumo che aveva.

Robin concluse la chiamata con un volontario.

«Qual è il piano?» le chiesi.

«Non posso aspettare la polizia. Hanno detto che lo troveranno, ma il pensiero che sia da qualche parte, ferito… io, io non riuscivo a sopportarlo».

Le vennero le lacrime agli occhi. Le presi la mano e gliela strinsi.

Dissi: «Allora mettiamoci a cercare. Da dove partiamo?».

«Non so da dove iniziare a cercare. È una cosa enorme».

«Lo so, ma un passo alla volta. Che ne dici se ci dividiamo e iniziamo dai parchi e dalle zone boschive?».

Lei annuì. «Sì, ho detto a Marty e Joe di prendere alcuni di noi e andare a Wiggins Pass, Veterans e Gordon. Dobbiamo controllare intorno al suo posto di lavoro».

«Ottimi posti dove cercare».

Lei disse: «C'è anche un sacco di terreno incolto vicino al Tech Park sulla Old Forty-One».

Il suo cellulare vibrò e disse all'interlocutore di prendere qualcun altro e cercare Phil e la sua auto al Big Cypress Park nelle Everglades. Il parco era un'immensa palude con accesso tramite passerelle. Avrebbero avuto bisogno di cento persone per controllare tutto. Caspita, sarebbe stata una lunga notte.

Non avevo il benché minimo interesse a camminare in

zone boscose e ancor meno a sguazzare in qualche palude maleodorante. Il mio piano era di restare con Robin. Mentre le squadre iniziavano a formarsi, dissi a Robin: «Il detective Luca è passato a trovarmi».

«Davvero? Sono sorpresa. Non sembrava molto interessato. Cosa ti ha detto?».

Non interessato? Doveva essere interessato a lei.

«Non molto, ha solo fatto un sacco di domande. Gli ho dato tutte le informazioni che potevo».

«Tipo?».

«Lo sai».

«Se lo sapessi non te lo chiederei. Avanti, Dom».

«Voglio dire, sappiamo entrambi che a Phil piaceva, be', sai» mimai le virgolette con le dita, «andarsene in giro. Gli ho solo detto quello che sapevo. Tutto qui».

Un volontario si avvicinò e parlò con Robin.

Dopo aver congedato la recluta, Robin disse: «Okay, andiamo».

«Che vuoi dire?».

«A cercare».

«Non andrai anche tu, vero?».

«Certo. Non posso starmene qui seduta».

«Ma devi restare qui. Sai, questo è il... il centro di comando».

«Pensi?».

Bingo, mi stava già ascoltando. «Certo. Sei la persona perfetta per gestire le cose da qui».

Accennò un sorriso. «Se lo pensi tu».

«Assolutamente. Dovremmo restare qui entrambi».

«No, no. Tu non puoi restare qui, Dom. Nessuno conosce Phil come te. Tu sapresti dove cercare. Chiederò a Peg di stare con me».

Dannazione. Per quanto lo volessi, non potevo ribattere a quel ragionamento.

E così me ne andai con altre dieci anime pie che iniziarono a chiamare Phil per nome prima ancora di aver lasciato il vialetto di Robin.

———

C'ERA un'umidità infernale e le mie scarpe erano incrostate di terra. Dobbiamo aver camminato per dieci stramaledette miglia attraverso i terreni agricoli a sud di Immokalee Road e Everglades Boulevard. Perché mai qualcuno pensasse che Phil potesse essere là fuori era un mistero per me. Feci la mia parte, chiamando il suo nome ogni paio di minuti, ma sapevo che era inutile. Era una palla e dovevo continuare a ripetermi la citazione di Kaplan: «*Se ho ragione sul quadro generale, sarò ricompensato per la mia pazienza*».

Cominciavo ad avere fame. Chiamai Robin tre volte mentre arrancavamo, apparentemente per vedere se qualcuno avesse notizie. Anche se era stressata, la sua voce era ancora dolce come acqua e zucchero. Non vedevo l'ora che tutto questo finisse.

Il sole stava calando e suggerii di deviare a destra e tornare indietro. Non ero mai stato così felice di vedere la luce del giorno dissolversi in un grigio da acqua di piatti come quando risalimmo in auto. Morto di fame, tornai da Robin.

Tutte le squadre di ricerca erano rientrate da ore, ma c'erano ancora una dozzina di persone a casa di Robin. Andatevene a casa, gente. Non vedete che ha bisogno di staccare la spina? Purtroppo sua sorella, Peggy, che era venuta in macchina da Savannah, ora stava da Robin.

Erano gemelle, mentalmente parlando, ma Peg non era un

granché, anche se di soldi ne aveva. Immaginavo che sarebbe rimasta per quattro o cinque giorni al massimo, visto che aveva un lavoro importante a dirigere una catena di ospedali. Robin diceva che loro due non erano più molto unite, ma il sangue non è acqua, quindi era meglio che mi tenessi a distanza.

Andavamo spesso in un ristorantino cinese: Robin adorava il loro maiale moo shu. Sapevo che avrebbe apprezzato, così ho ordinato quello e un altro paio di piatti. Il cibo allentò la tensione, ma per quanto odiassi l'idea, sapevo che dovevo andarmene prima degli altri.

5

LUCA

MENTRE TORNAVO SULLA STATALE US 41, LA RADIO GRACCHIÒ, scacciando dalla mia mente l'immagine conturbante di Robin. Un altro codice 38 a Golden Gate. Una pattuglia era già in viaggio, ma la centrale non era sicura che la lite domestica implicasse una situazione con ostaggi e aveva chiesto a qualsiasi unità in zona di intervenire.

Il Coastland Mall era in vista. Accesi il lampeggiante e premetti sull'acceleratore. Mentre sfrecciavo sul cavalcavia, vidi un'auto di servizio, a sirene spiegate, su Airport Pulling. Recuperò terreno e, quando svoltai su Coronado Parkway, era solo a mezzo miglio da me. Nel momento in cui girai a destra su Tropical Way, era incollata al mio paraurti.

Mi infilai in uno spiazzo dietro altre due auto di pattuglia di fronte al 16715 di Tropical Way, una casa che valutai rapidamente ben al di sotto dei trecentomila dollari. Mentre saltavo giù, gettai uno sguardo tra le case; il traffico sfrecciava su Santa Barbara Boulevard. Due agenti in uniforme erano appostati ai lati della porta d'ingresso, supplicando chiunque fosse all'interno di aprire.

«Ehi, Luca.»

Mi voltai. Era Bill Bailey.

«Facevi le prove per la 500 Miglia di Indianapolis?»

«Non guido come una nonnina quando i miei colleghi hanno bisogno di me.»

Bailey era un collega in divisa un po' troppo entusiasta per i miei gusti.

«Sì, be', se avessi preso un dosso, o se una nonnina vera si fosse immessa sulla strada, a quest'ora mi starei chiedendo che vestito mettere al tuo funerale.»

Un agente dal viso rubicondo, che non poteva avere più di trent'anni, si era avvicinato di corsa dalla porta d'ingresso. Mi presentai mentre i due giovanotti si scambiavano un pugno.

«Reilly.»

«Che succede?»

L'agente Reilly spiegò che qualcuno che presumeva essere il marito aveva risposto alla porta dicendo che avrebbe aperto, ma non l'aveva mai fatto. Reilly aveva chiesto di parlare con la moglie, che aveva chiamato il 911, ma l'uomo aveva sostenuto che era impegnata con i bambini.

«Questo tizio ha un nome?»

«Oh, mi scusi, signore. Watkins, John. Caucasico, quarantadue anni.»

«È occupato?»

«Ehm, non lo so.»

«Be', scoprilo. Se si tratta di una situazione con ostaggi, avremo bisogno di quanti più dati possibile.» Mi diressi verso la porta.

Non c'erano finestre laterali per sbirciare, così suonai il campanello. Venti secondi dopo, colpii la porta due volte col palmo della mano. Rispose una voce da fumatore: «Cosa volete?»

«Voglio solo assicurarmi che stiano tutti bene.»

«È tutto a posto. Non c'è nessun problema.»

«Avrò bisogno di vederlo con i miei occhi.»

«Perché? Voglio la mia privacy.»

«Capisco, signore. Tuttavia, sembra che sua moglie abbia chiamato il nove-uno-uno dicendo di sentirsi minacciata.»

«Questa è una stronzata.»

Alzai la voce di un paio di toni. «Glielo chiederò un'ultima volta. Apra la porta, o la farò sfondare.»

«Lasciateci in pace.»

Stavo per minacciarlo di nuovo quando un dolore acuto mi colpì l'addome. Mi piegai in due per un secondo.

Reilly mi si avvicinò da dietro. «Tutto bene, Luca?»

«Sì, ho qualche dolore di stomaco. Devo stare alla larga dal cibo messicano.»

Reilly mi disse che Watkins aveva appena iniziato un nuovo lavoro notturno alla FedEx e mi chiese se dovessi chiamare rinforzi. Gli dissi di aspettare un minuto e colpii di nuovo la porta.

«Vi ho detto che è tutto a posto, quindi lasciateci soli.»

«Senta, non trasformiamo questa cosa in qualcosa di cui si pentirà. Non c'è motivo di far sapere alla FedEx che la polizia è a casa sua, giusto?»

«Ehi, non scherzate col mio lavoro, amico. Ne ho bisogno.»

«Ha lei il controllo. Se apre, non c'è motivo di far sapere alla FedEx che ha avuto un litigio con sua moglie.»

La serratura scattò e la porta si aprì di quindici centimetri. Infilai il piede nello spiraglio, quasi schiacciandomi le dita scalze di Watkins. Watkins era uno stronzo pelle e ossa. Barba di un giorno e quella che sembrava una colomba tatuata sul collo.

«Visto? Non sta succedendo niente, quindi perché non ci lasciate in pace?»

«Vorrei vedere la signora.»

«E perché?»

«Be', è lei che ha sporto denuncia.»

Abbassò la voce e aprì la porta di altri quindici centimetri. «Ogni tanto si lascia un po' prendere la mano. Sa cosa intendo?»

Mentre dicevo: «Certo che lo so», spalancai la porta.

«Venga fuori, signor Watkins.»

«Questa è casa mia. Non potete obbligarmi a uscire da casa mia.»

«Reilly, tu e Bailey potreste arrestare questo signore per non aver obbedito a un ordine della polizia?»

«Va bene, va bene. Posso mettermi le scarpe prima?»

«Fuori, Watkins. Adesso.»

Entrai in casa e chiamai: «Signora Watkins? Sono il detective Luca. Possiamo scambiare due parole con lei?»

La porta della camera da letto si aprì lentamente e una donna sulla quarantina con i capelli rossi entrò in soggiorno. Aveva pianto. La seguii, pensando che probabilmente faceva delle ottime torte di mele. Dei vetri rotti erano stati ammucchiati in un angolo e una scopa era appoggiata al divano.

«Sta bene?»

Annuì.

«E i bambini?»

«Sono entrambi a scuola.»

«Cosa l'ha spinta a chiamare il nove-uno-uno?»

«Non avrei dovuto chiamare. È stato un errore. Non voglio che John si metta nei guai. In fondo non ha fatto niente.»

Mi massaggiai la pancia; caspita se era indolenzita. «Si

calmi. Vediamo se riusciamo a risolvere questa faccenda tra di noi. D'accordo?»

Il suo viso si illuminò.

«In realtà non è successo quasi nulla. John è tornato dal lavoro verso le cinque del mattino. Ha bisogno di un po' di tempo per rilassarsi. Non riesce ad andare a dormire subito, è come se il suo ritmo fosse sballato per via del lavoro notturno.»

Annuii.

«Guardava la TV, come fa sempre, ma il volume era un po' alto, così mi sono alzata e gli ho chiesto di abbassarlo.»

«E l'ha fatto?»

Aggrottò la fronte. «Per dispetto, l'ha alzato. Così, mi sono un po' arrabbiata. Non volevo che i bambini si svegliassero.»

«E lei cos'ha fatto?»

«Ho staccato la spina del decoder.»

«E poi?»

«Beh, lui, sa, si è arrabbiato. Non avrei dovuto farlo. Il decoder ci mette troppo a riavviarsi.»

«Le ha messo le mani addosso?»

Abbassò lo sguardo sui suoi piedi. «No, non proprio.»

«Tranquilla, può dirmi cosa è successo. A John non succederà nulla.»

«Non è stato niente, davvero. Lui si è alzato e l'ha ricollegato, io ho provato a staccarlo di nuovo, e abbiamo allungato la mano verso la spina nello stesso momento, sa, ci siamo scontrati, ho perso l'equilibrio e ho sbattuto contro il tavolo, e il vaso è caduto.» Fissò il mucchio di vetri e le si inumidirono gli occhi.

«Non si preoccupi. Cos'è successo dopo?»

Tirò su col naso. «Quel vaso era di mia madre. Me l'aveva

dato lei. È l'unica cosa sua che ho. Quando è caduto mi sono arrabbiata tantissimo, ma è tutta colpa mia.»

«Ma quando ha chiamato il nove-uno-uno, ha detto di essere stata minacciata, di avere paura, per lei e per i bambini.»

«I bambini si sono svegliati e... e piangevano perché stavamo litigando. Così li ho rimessi a letto e sono rimasta nella camera di mia figlia finché non è stato ora per loro di andare a scuola.»

«I bambini sono andati a scuola, e poi?»

«Beh, ero davvero furiosa per il vaso, e lui stava dormendo, e so che è stato stupido, ma ho messo la TV a tutto volume. È stato stupido. Non so perché l'ho fatto. È stato infantile, ma volevo vendicarmi.»

«Continui.»

«Così, lui si è svegliato e ha iniziato a urlare. Aveva ragione, aveva bisogno di riposare e tutto il resto. Non so cosa mi sia preso, ma ho alzato il volume al massimo. È uscito di corsa dalla camera da letto imprecando e mi ha inseguita. Sono corsa in bagno e lui sbatteva i pugni sulla porta. Gli ho detto che avrei chiamato la polizia e lui ha detto di fare pure.» Fece spallucce. «E così ho fatto.»

«Le ha messo le mani addosso?»

«No, no.»

«E i bambini?»

«John non lo farebbe mai.»

«L'ha spinta contro il tavolo?»

«No, come ho detto, ci siamo una specie di scontrati.»

«Vuole che lo porti in centrale, sa, per farlo sbollire un po'?»

«No, si è calmato. Voglio dire, era arrabbiato perché ho

chiamato, e ha ragione, è stato stupido, ma non sapevo che altro fare.»

«Il nove-uno-uno non è un gioco, signora, ma per carità, se sente che c'è un pericolo per lei o per i bambini, la prego di non esitare a chiamare.»

Annuì.

«Resti qui un minuto. Vado a parlare con suo marito.»

John Watkins aveva scroccato una sigaretta a Bailey ed era appoggiato alla colonna dell'ingresso.

«Che ne dice di aprire il garage?»

«Aprire il garage? Cosa crede di trovarci? Cadaveri?»

«A meno che non voglia che i vicini lo vedano salire sul retro di un'auto della polizia, direi di fare due chiacchiere lontano dai loro sguardi.»

Watkins digitò un codice e la porta del garage si sollevò, rivelando un tosaerba, un assortimento di biciclette e mobili da giardino per bambini in plastica.

«Allora, perché non mi dice come mai la contea ha mandato tre agenti delle forze dell'ordine qui?»

La sua versione non si discostava molto da quella della moglie, tranne per quanto riguardava il vaso. Disse che ci era inciampato contro per caso, ma sapevo che l'aveva rotto di proposito. Era stato stupido e vendicativo, ma decisamente meglio che prendersela con sua moglie.

«Sa, John, non sono tipo da dare consigli sul matrimonio a nessuno, ma una cosa posso dirgliela: non diventerà più facile se non rispetta le cose a cui sua moglie tiene. Si svegli, ha rotto l'unica cosa che le ha lasciato sua madre.»

«No, non è vero. È stato un incidente.»

Mentre alzavo un palmo, il dolore alla pancia si acuì.

«Senta, vada dentro e faccia pace con sua moglie. Le

compri qualcosa che le piace per sostituire il vaso. Le faccia una sorpresa.»

Lui annuì come un pupazzo con la testa a molla.

«Forza, faccia pace prima che i suoi figli escano da scuola.»

«Grazie.»

Il mio dolore si attenuò e, mentre lui si dirigeva verso la porta, dissi: «Ehi, John, le piace la crostata?»

«Uhm, sì, certo.»

«Qual è la sua preferita?»

«Direi di mele o di mirtilli.»

«Sua moglie le prepara?»

«Oh sì, è bravissima a preparare dolci.»

Sorrisi e me ne andai.

MENTRE ARRIVAVO a Goodlette-Frank Road mi ricordai che Ron Vespo, uno dei tizi che mi aveva indicato Dom, l'amico di Phil, viveva a Calusa Bay. Chiamai la radio per avere il suo numero di telefono e avvisai Vespo che sarei passato a trovarlo.

Calusa Bay era un complesso di villette a schiera un po' datate, color celeste, in una posizione eccellente. Data la posizione, pensavo che le unità dovessero valere più dei trecentocinquanta o quattrocentomila dollari a cui venivano vendute. Stavo valutando l'idea che potesse valere la pena di prenderne una come investimento.

Vespo viveva in un'unità al secondo piano con vista sulla clubhouse. Potevo sentire dei bambini che giocavano a Marco Polo in piscina mentre suonavo il campanello.

Sbirciai attraverso il pannello di vetro a lato della porta e vidi Vespo che si infilava la camicia nei pantaloni, come un bravo ragazzo, mentre si avvicinava.

Mostrando il distintivo, dissi: «Grazie per avermi ricevuto con così poco preavviso.»

«Nessun problema, agente. Farei qualsiasi cosa per aiutare Phil. È spaventoso, il fatto che sia semplicemente svanito.»

L'arredamento dell'appartamento era datato, e c'erano due credenze affollate di trofei sportivi, per lo più di baseball.

«Mi risulta che Phil l'abbia già fatto in passato.»

Vespo inclinò la testa mentre io chiarivo: «Un paio di altri contatti hanno detto che Phil se n'è già andato via in passato, per spassarsela con una donna o due.»

«Oh sì, tutti sapevano che gli piaceva andare a donne, ma mai per più di un paio di giorni, e di solito raccontava qualche cazzata a sua moglie.»

«Robin?»

Lui sorrise. «È un'opera d'arte, non è vero?»

Mi ritrovai ad annuire e dissi: «Allora, da quanto tempo conosce il signor Gabelli e qual è la natura del vostro rapporto?»

Vespo mi disse che aveva conosciuto Phil all'ippodromo di Bonita circa sette o otto anni prima tramite un certo Antonio Depas, un amico comune. Vespo disse che Phil andava regolarmente all'ippodromo, molte volte con una ragazza diversa al braccio.

Questo era un lato di Gabelli di cui non avevo sentito parlare. Scavai un po'. «Che tipo di scommesse piazzava Gabelli?»

Lui scrollò le spalle. «Non più di tutti gli altri del nostro giro.»

«Qual è una scommessa normale per il vostro giro?»

«Non so, circa cento a corsa.»

«Dalle mie parti sono un sacco di soldi. Uno potrebbe perdere mille dollari in un giorno.»

«No, qualcosa la devi pur beccare su dodici corse. E poi, siamo piuttosto bravi in questo.»

Sì, così bravi a giocare d'azzardo che il tuo divano è più vecchio di mia nonna.

«Quanto spesso andava Phil all'ippodromo?»

«Un paio di volte a settimana.»

«Sembra tanto per uno con un lavoro fisso.»

Vespo scrollò le spalle. «Non stava lì tutto il giorno. Faceva un salto, piazzava qualche scommessa e se ne andava.»

«Non guardava le corse?»

«Solo una o forse due.»

«A questo punto poteva chiamare il suo allibratore.»

Gli occhi di Vespo si strinsero, ma rimase in silenzio. C'era qualcosa sotto. Dissi: «Guardi, l'ultima cosa in cui voglio essere coinvolto è dare la caccia a qualche allibratore. Quindi, Phil aveva un allibratore?»

«Sì, e forse un anno o due fa si è cacciato in un guaio con lui.»

«Guaio?»

«Ha avuto una serie di sfortune, tutto qui.»

«Phil faceva scommesse clandestine e si è indebitato fino al collo?»

Vespo annuì.

«Com'è uscito dal guaio?»

«Secondo lei? Sua moglie è piena di soldi.»

«C'è qualcosa di insolito che Phil ha fatto, sa, qualsiasi cosa, come un comportamento strano o qualcosa di segreto?»

«No, non proprio, è uno abbastanza a posto.»

«Ne è sicuro?»

«Sì, l'unica cosa strana è successa circa un anno fa. Vede,

quando noi del gruppo siamo all'ippodromo, controlliamo sempre il programma delle corse e decidiamo quanto puntare e su quale cane. Poi uno di noi va allo sportello e compra le schedine per tutti.»

Annuii.

«Beh, quel giorno... era un sabato, lo ricordo perché rimase lì per tutto il tempo. Comunque, continuava a dire che doveva andare in bagno quasi prima di ogni corsa. Così, lo prendevamo in giro per la sua prostata. A ogni modo, prima di una corsa disse che andava a pisciare e se ne andò. Ma quando sono andato a prendermi una birra, l'ho visto a uno degli sportelli che faceva altre scommesse.»

«Lo ha affrontato?»

«Non erano affari miei. Non sono suo padre.»

Parliammo ancora un po', ma non c'era nient'altro di rilevante, a parte il fatto che Phil sembrava essere stato contagiato dalla febbre del gioco. Mi feci dare il nome del loro allibratore, uno che conoscevo, insieme al recapito di Antonio Depas, prima di risalire in macchina.

6

STEWART

«*IL SUCCESSO È IL RISULTATO DEL LAVORO CHE REALIZZA l'ambizione. - Adam Ant*»

TRE LUNGHI ed estenuanti giorni a setacciare Collier e parte della contea di Lee avevano contribuito a prosciugare Robin di ogni emozione. Era triste, e un po' mi dispiaceva vederla così disperata, ma aveva bisogno di un bagno di realtà. Altro sviluppo positivo, sua sorella stava finalmente levando le tende. Sapevo che la soluzione era tornare alla normalità il più in fretta possibile.

Due giorni dopo, l'ufficio dello sceriffo comunicò a Robin che stavano seguendo delle piste, ma non offrì alcuna prova che fossero solide. Anche se all'inizio per lei fu deprimente, pensai che fosse d'aiuto. Le cose continuarono a calmarsi, finché Robin e il suo amico predicatore, che secondo me le aveva messo gli occhi addosso, non organizzarono una veglia notturna.

La cosa non mi rendeva molto felice, dato che era passata

dall'essere sconvolta al riacquistare un po' di equilibrio. La mia preoccupazione, oltre al predicatore, era che si sarebbe lasciata di nuovo travolgere dalle emozioni e avrebbe fatto un passo indietro. Come sarebbero mai potute tornare le cose alla normalità se era sempre sull'orlo di una crisi di nervi?

Mi ci volle una buona mezz'ora per decidermi per un paio di pantaloni grigio scuro e una camicia bianco sporco. Le previsioni non davano pioggia, quindi sembrava sicuro indossare i miei nuovi mocassini di Gucci. Erano una pazzia che non potevo permettermi, ma erano una favola.

La veglia si teneva a Cambier Park, ed era molto più affollata di quanto mi aspettassi. Tra il centinaio di persone con le candele e le decine di turisti curiosi, il parco era pieno per più di metà. Erano passate due settimane dalla scomparsa di Phil, quindi forse la gente pensava che fosse una specie di funerale.

Il posto aveva un'aria sinistra. Il palco dove si trovavano Robin e il suo amichetto predicatore non era completamente illuminato. Salii le scale del palco mentre il pastore guidava l'invocazione all'intervento di Dio e al ritorno di Phil sano e salvo. Buona fortuna. Rimasi in disparte a osservare la folla. C'era gente di ogni tipo là fuori.

Scrutando i volti, ne riconobbi una manciata. Guardai verso alcuni idioti che si erano portati le sedie a sdraio, come se fosse un concerto o qualcosa del genere, e scorsi il detective Luca appoggiato a un gigantesco albero di banyan.

Che ci faceva qui? Aveva una tazza di qualcosa in mano e fissava il palco mentre la preghiera si trascinava. Probabilmente quel serpente stava cercando di avvicinarsi a Robin.

Finita la preghiera, un cantante che non conoscevo si avvicinò al microfono e iniziò a guidare la folla nel canto di «He's Got the Whole World in His Hands».

Cantai anch'io e studiai Luca, che non cantava. Quando il suo sguardo cominciò a spostarsi verso di me, mi misi a piangere. Non una scena strappalacrime o altro, ma all'improvviso, tutto mi salì addosso. Mi mossi verso Robin: avevo bisogno di lei, avevamo bisogno l'uno dell'altra per superare tutto questo.

Un cerchio di persone circondava Robin, tutte con un serio bisogno di fazzoletti. Non riuscivo ad avvicinarmi a lei. All'improvviso, l'amichetto predicatore prese il microfono e guidò tutti nel Padre Nostro. Non sono un fanatico religioso, ma posso dirvi che i peli sulla nuca mi si rizzarono. Cercai Luca con lo sguardo vicino all'albero di banyan, ma non c'era più.

Ci dovettero essere almeno altri quindici minuti di canti e preghiere prima che Robin prendesse il microfono per ringraziare tutti di essere venuti. Finalmente era finita; c'era di che ringraziare Dio. Stavo morendo di fame e speravo di poter mangiare un boccone da solo con Robin. Era costantemente circondata da un mucchio di gente. Aveva bisogno di un po' di tranquillità. Ne avevamo bisogno entrambi.

Mi feci largo nel capannello e le diedi un bacio sulla guancia. Cercai di prenderle la mano, ma lei la ritrasse e disse al predicatore: «Paul, questo è Dom Stewart. Lui e Phil erano, uhm, sono buoni amici».

«Piacere di conoscerla, reverendo. Di quale chiesa fa parte?»

Aveva delle mani davvero piccole, e soffocai una risata mentre blaterava della sua chiesa su Bonita Beach Road.

Diedi un colpetto sulla spalla a Robin. «Che ne dici se andiamo a mangiare un po' di sushi? Solo noi due».

«Il sushi sembra un'ottima idea, ma tutti gli altri?»

«Cosa vuoi dire?»

«Non posso semplicemente lasciarli qui. Sono venuti per me, per Phil».

«Perché no?»

Mi fulminò con lo sguardo e io dissi: «Scherzavo, rilassati».

Con mio grande disappunto, l'amichetto predicatore suggerì di andare al Mel's Diner. Non avevo alcun interesse ad andarci, se non per tenere d'occhio il predicatore, ma andai, insieme a una decina di altre persone.

Mentre mi dirigevo verso il parcheggio dietro Fifth Avenue, vidi Luca ciondolare vicino all'ingresso posteriore dell'Hob Nob. Non sapevo cosa fare. Mi aveva visto? Sarebbe sembrato strano se mi fossi voltato, quindi decisi di continuare a camminare. Proprio mentre stavo attraversando la strada, una bionda in gonna corta sporse la testa da una porta e il detective la seguì all'interno.

7

STEWART

«*IL MODO MIGLIORE PER PREDIRE IL FUTURO È INVENTARLO.*» -
Alan Kay

SULLA VIA DEL RITORNO, non importava quante volte cambiassi stazione alla radio, continuavo a pensare a Phil. Dopo aver passato del tempo con Robin, di solito ero al settimo cielo, ma ora mi sentivo di nuovo sul punto di piangere. Nessun battito di ciglia poteva cancellare l'immagine del suo volto impressa nella mia mente. Stavo diventando un fottuto caso disperato, succhiando il mio inalatore come un dannato lecca-lecca. Mi lamentavo del fatto che se Phil avesse seguito il mio consiglio, ora non ci troveremmo in questa situazione.

Era ancora vivido, dopo tutto quel tempo. Non era un argomento facile da affrontare, ma avevo preparato bene il terreno, spendendo un sacco di energie per decidere i dettagli del come, dove e quando.

Phil, con tutti i suoi difetti, faceva un sacco di volontariato con i bambini. Chi lo sa perché? Probabilmente era il senso di colpa per le sue scappatelle alle spalle di Robin. Phil dava una mano ai Boy Scout, con Big Brother, e andava ogni martedì pomeriggio all'asilo nido di Immokalee.

Il piano era di incontrarci al centro, mangiare un boccone e poi andare al casinò per una partitina a blackjack e un po' di caccia.

L'odore di cumino e aglio aleggiava nell'aria mentre ci accomodavamo in un separé di pelle verde da Mi Ranchito. Conoscendo il menu, ordinammo in fretta. La cameriera ci portò una ciotola di patatine e salsa e Phil cominciò a raccontare di una nuova ragazza che aveva conosciuto al lavoro. E proprio in quel momento ebbi la mia occasione.

«Senti, Philly, non voglio spifferare ai quattro venti o cose del genere, ma che stai combinando, amico?»

Phil allungò la mano verso una tortilla. «Di che stai parlando?»

«Andiamo, amico, vai sempre a letto con altre.»

Sorrise. «Sì, e allora?»

«Devi smetterla. Non è giusto, amico. Finirai nei guai, te lo dico io.»

Mi liquidò con un gesto della mano e intinse una patatina nella salsa. «Mi sto solo divertendo un po', amico. Non c'è niente di male. Dici sempre che bisogna cogliere le opportunità.»

«Ma non è giusto nei confronti di Robin.»

«Non ti preoccupare, ho tutto sotto controllo con lei.»

«Ah sì? La stai trattando come uno straccio.» Mi chinai e abbassai la voce. «Merita di meglio, amico. Invece di farle passare le pene dell'inferno, perché non la lasci e basta?»

Gli occhi di Phil si strinsero. «Ma chi diavolo ti credi di essere? Fatti i cazzi tuoi.»

Mi bloccai. Non si era mai incazzato con me in quel modo in tutti gli anni in cui ci conoscevamo.

«Io, эм, sto solo dicendo che sarebbe meglio per tutti noi se, sai, tu ponessi fine al matrimonio.»

Mise le mani sui fianchi. «Tutti noi? Che diavolo significa?»

«Niente, Philly, non significa niente. Senti, lascia perdere, amico. Scusa, mi sono impicciato.»

Phil scosse la testa e scivolò fuori dal separé.

«Dove vai, Philly?»

Fu un disastro e la nostra amicizia non si riprese mai del tutto. Non riuscivo a capire dove avessi sbagliato. Per me aveva senso. Era un marito terribile e andava sempre a letto con altre donne, anche se non potevano nemmeno reggere il confronto con Robin.

Non aveva senso, e le cose peggiorarono.

Non solo si era incazzato, ma aveva rincarato la dose raccontando tutto a Robin, mettendomela contro. Non capivo perché Robin non si rendesse conto che stavo solo cercando di proteggerla. Era furiosa e mi accusò di voler far naufragare il suo matrimonio. E io che pensavo di avere un piano grandioso per rendere tutti felici, e invece mi era esploso in faccia.

Dopo quell'episodio, anche se lei lo beccò a letto con altre un sacco di volte, tra noi non fu più come prima. Ero sconcertato.

Ultimamente non ci eravamo visti molto e pensavo che senza Phil le cose sarebbero migliorate, ma non fu così. Un vuoto ci separava, un vuoto a cui avrei dovuto rimediare. Le cose erano complicate adesso, ma sapevo che si sarebbero sistemate. Accostai davanti a casa mia, ricordandomi di chiamare il detective Luca la mattina dopo. C'era qualcosa che dovevo dirgli.

8

LUCA

STEWART O ERA PIÙ FURBO DI QUANTO SEMBRASSE, O SI CREDEVA più furbo di quanto non fosse. C'era qualcosa che non tornava. La domanda era se la discrepanza fosse minima o abissale.

Quando gli chiesi perché non avesse mai menzionato che a Phil piaceva giocare d'azzardo, disse che non pensava fosse importante. Poi, quando insinuai che avrebbe potuto essersi messo nei guai fino al collo, Stewart negò categoricamente. Disse che avevano un sacco di soldi e che se anche avesse perso una grossa somma non sarebbe stato un problema.

Sembrava che stesse coprendo le scappatelle al gioco del suo amico. Secondo Vespo, il suo compare Phil era all'ippo-dromo un paio di volte a settimana, e Stewart non ne faceva menzione? Stewart si era limitato a dire che ogni tanto anda-vano al casinò di Immokalee, ma che Phil non faceva mai grosse puntate ed era più interessato alle cameriere che ai tavoli da gioco.

La cosa non quadrava, e ora il problema era capire se ciò significasse qualcosa oppure no. Se Phil si era messo nei guai con il gioco d'azzardo, non vedevo perché Stewart dovesse coprirlo. Mi stava sfuggendo qualcosa?

O forse Stewart stava facendo il furbo? Nascondeva un fatto importante, che sapeva ci avrebbe interessato. Ma che vantaggio ne avrebbe tratto? Semplicemente non aveva senso.

Speravo che l'allibratore di Phil avrebbe fatto un po' di chiarezza in quel pantano che mi ritrovavo sulla scrivania.

Recuperai una fedina penale. Sfogliando il fascicolo di Butch Turnberry, sembrava non essere altro che un bullo i cui giorni migliori erano rimasti al liceo. Un atleta che eccelleva nel football, Turnberry era passato da un lavoro all'altro dopo il diploma e nel frattempo aveva collezionato una manciata di aggressioni.

Stewart mi aveva fatto il suo nome, ma non riuscivo a immaginare un delinquente da quattro soldi passare a qualcosa di più sinistro. Con Vargas in ferie, dovevo stabilire delle priorità. Potevo accantonare Turnberry per il momento? Ero indeciso, perché una delle aggressioni era stata commessa con una mazza da baseball. Non era considerata un'arma letale, ma su nel New Jersey avevo visto la mia parte di crani fracassati.

Fissando la foto segnaletica di Turnberry, la supplicai di parlarmi. Niente.

Afferrando un flacone di Tums dal cassetto, ne versai tre e masticai le pastiglie gessose mentre riflettevo. Dovevo ancora fare una visita al posto di lavoro di Phil Gabelli, ma guardando di nuovo la foto del teppista, decisi che avrei dovuto aspettare di aver visto quel malvivente.

———

TURNBERRY VIVEVA in una zona conosciuta come Naples Park. Per me, quell'area era il massimo enigma immobiliare. Incastonata al largo di Vanderbilt Beach Road, a ovest della 41, Naples Park presentava un guazzabuglio di case. La posizione era da dieci e lode, ma c'era un'epidemia di bungalow con così tante auto parcheggiate davanti da sembrare concessionarie di auto usate.

C'erano tratti di strada in cui le case erano state completamente ristrutturate, ma potevano trovarsi accanto a una baracca malmessa. Avevo sempre pensato che la zona avesse delle potenzialità e volevo investirci. Appena trasferito a Naples, pensai che potesse diventare la nuova Park Shore, ma un amico agente immobiliare mi mise in guardia, consigliandomi di starne alla larga.

Come sospettavo, Turnberry viveva in un tugurio di un blu putrido con otto auto sparse sul prato. Due di queste erano su blocchi di cemento e un'altra era coperta da un telone. Provando pena per le persone che vivevano nella casa ben curata a sinistra, mi diressi verso la porta.

Un adolescente a torso nudo venne ad aprire e sogghignò quando mostrai il tesserino e chiesi di Turnberry. Mi voltò le spalle e urlò il nome del mio obiettivo mentre spariva.

Alto un metro e ottanta e con le spalle larghe, Turnberry era un blocco di granito a forma di V con appena un accenno di pancia da birra. Tesi il distintivo mentre si avvicinava. Mi squadrò con sospetto e non aprì la zanzariera.

«Cosa vuole?»

«Conosce un certo Phil Gabelli?»

«Chi?»

Facevo questo mestiere da così tanto tempo che sapevo che le prime domande si traducevano sempre in negazioni.

Accostai una foto alla zanzariera. «Sarebbe più facile vedere senza la zanzariera di mezzo».

La porta si aprì cigolando, rivelando un paio di scarpe da ginnastica che avevano un proprio codice postale e una cicatrice serpeggiante su un ginocchio. Si chinò verso la foto e scosse la testa.

«Nessuna idea di chi stia parlando».

Quella era la seconda negazione. Di solito ce n'erano tre o quattro prima del, *ah sì, ora ricordo*.

«E Dom Stewart? Lo conosce?»

Potevo vedere il calcolo che stava facendo. Era uno che la sapeva lunga. A volte era una sorta di balletto.

«Il nome mi suona un po' familiare, ma di che si tratta?»

«Dom e Phil sono migliori amici».

«Beati loro».

«Stewart ha detto che conosceva Gabelli».

«E chi diavolo si ricorda di tutti quelli che ha incontrato?»

Come da copione, la bocca del criminale cominciava ad aprirsi.

«Stewart ha detto che giocava a football con Lei. Che era nella sua squadra».

«Stronzate. Non ha mai giocato. Vede, su un campo non si sa mai cosa succederà dopo il lancio della moneta. Stewart non sapeva gestire cose del genere, lui doveva avere sempre un secondo fine.»

Sapevo che non aveva giocato con Turnberry, ma quella del secondo fine era una novità.

«Cosa intende con cercare un secondo fine?»

«Andiamo, amico, sa cosa intendo. Quei tizi a cui non piace giocare pulito.»

Una lezione di etica da un delinquente? Era la prima volta

che mi capitava. Misi da parte l'informazione e tornai alle faccende in corso.

«So cosa intende riguardo a Stewart. Comunque, ha detto che lei conosceva Gabelli». Gli porsi di nuovo la foto e l'amnesia si ritirò.

«Sì, l'ho visto in giro con Stewart».

«Dove?»

«Giù al casinò».

«Gioca d'azzardo spesso?»

Scosse la testa. «Solo i polli giocano d'azzardo».

C'era da ammirarlo, quel tipo. Era stato in prigione, viveva in un buco di topo, ma era un pozzo di saggezza. Forse il dipartimento di filosofia della Gulf Coast University avrebbe potuto assumerlo.

«Giocavano d'azzardo, allora?»

«Un po' giocavano, bevevano e davano un'occhiata alle donne. Una serata tra uomini, tutto qui».

«Qualcuno dei due le ha mai chiesto un prestito?»

Rise. «Se cerchi soldi, sei nel posto sbagliato. Io non presto mai soldi. Ti mettono sempre nei guai, fidati».

Un'altra perla di saggezza dal guru della vita.

«Ho sentito che non andavate d'accordo con Gabelli. Qual era la grana?»

«Grana? Chi l'ha detto?»

«Il suo amico Stewart».

«Quello non è amico mio, è solo un tizio che conosco».

«Beh, questo tizio che conosce ha detto di chiederle che fine ha fatto Phil Gabelli».

«Cosa vuol dire, che fine ha fatto? Che diavolo dovrebbe significare?»

«Ha detto che a lei Gabelli non piaceva e, chi lo sa, lei è noto per aggredire la gente. Magari lo ha riempito di botte».

Fece un minuscolo passo avanti, e io mi sporsi verso di lui come avvertimento.

«Non so dietro a quale stronzata tu stia correndo, mister. Ma non so di cosa parli. Quel tizio, Gabelli, aveva la lingua lunga, credeva di essere chissà chi».

«E lei ha dovuto rimetterlo al suo posto?»

«Non l'ho mai toccato con un dito. Mi sarebbe piaciuto da morire farlo scendere dal piedistallo, ma di questi tempi pratico l'autocontrollo. Ho persino iniziato a meditare».

Meditare. Avrei pagato per vedere questo delinquente canticchiare un mantra a gambe incrociate sul pavimento.

«Immagino che dovrà trovarsi un nuovo mantra. Non l'hanno forse arrestata per una rissa da Rusty's una decina di giorni fa?»

«Senti, non è stata colpa mia. Quel pivello mi stava provocando. Continuava a spostare la palla bianca. Gli ho detto di smetterla, ma non mi ha ascoltato. Dovevo fare qualcosa, mi stavano guardando tutti. Ho una reputazione, sai, la devo mantenere intatta».

Wow, dopotutto non aspirava a diventare il Dalai Lama.

«Anche Gabelli la stava provocando?»

«Hai capito tutto male, amico».

«Davvero?»

«Lascia che te lo dica, era un saputello, non c'è dubbio, ma non mi ha minacciato né mi ha preso per il culo come quello stronzo da Rusty's. La cosa più vicina è stata quando ha continuato a tormentarmi, volendo scommettere che riusciva a rimorchiare una donna a un tavolo di blackjack».

Donne e Phil Gabelli, l'accoppiata perfetta. «Ha scommesso?»

«Ti ho detto che non gioco d'azzardo. E poi, mi spiace dirlo, ma con le donne ci sapeva fare».

«Così ho sentito».

Stavo iniziando a capire che Turnberry era un vicolo cieco. Avrei indagato ancora un po', ma la domanda che mi ronzava in testa era perché Stewart lo avesse indicato come una persona con cui parlare.

«Va d'accordo con Stewart?»

«Senta, non ho toccato nessuno di quei due».

«Non sto dicendo che l'abbia fatto. Sto solo cercando di capire cosa ci faccio qui a parlare con lei».

«Dovrà chiederlo a Stewart».

Finalmente, un consiglio che potevo seguire.

9

STEWART

«IL SUCCESSO DI OGNI GIORNO ANDREBBE GIUDICATO DAI SEMI piantati, non dal raccolto mietuto.» - John C. Maxwell

DISSI: «Pronto, parlo con il detective Luca?».

«Sì. Sono io, signore. Chi parla?»

«Sono Dom Stewart, sa, l'amico di Robin e, uhm, di Phil».

«Cosa posso fare per lei?»

Neanche un maledetto saluto?

«Beh, mi sono messo a pensare a Phil e al suo vizio di guardarsi intorno e mi sono ricordato che c'era questa ragazza delle isole con cui aveva avuto una storia».

«Isole?»

«Sì, credo fosse la Martinica, o forse St. Maarten, una di quelle isole francesi dei Caraibi».

«Prosegua».

«Sa, sono sicuro al novantanove per cento che fosse la Martinica. Beh, Phil ne era preso per un po', nel senso che ne era davvero infatuato, ma sul serio. La vedeva spesso e sparivano per giorni interi».

«Quando è successo?»

«Circa tre anni fa».

«Andava fino in Martinica per vederla?»

«A volte, ma era spesso lei a venire su. Lavorava per una compagnia aerea. Credo fosse l'American».

«Come si chiama?»

«Non ne sono certo, il nome però era Nicole. Il cognome era una cosa tipo Pasteur, Passor...»

«È successo tre anni fa, dice?»

«Forse anche da un po' di più».

«E dopo quanto tempo è finita?»

«Non lo so di preciso, ma direi per la maggior parte di un anno».

«E sa se avevano ripreso a frequentarsi?»

Dovetti ammettere che era una bella domanda a cui non avevo pensato.

«Non che io sappia».

«Okay, ci daremo un'occhiata, ma sembra un'ipotesi remota».

«No, deve indagare, detective».

«E perché mai?»

«Lui e lei avevano un figlio insieme».

«Un figlio?»

«Sì, un maschietto».

«Robin lo sa?»

Di nuovo, la chiamava Robin. «No, Robin l'avrebbe ucciso. Robin voleva disperatamente dei figli, ma Phil no, diceva che avrebbe limitato il suo stile di vita. Credo anche, ma non ne sono sicuro al cento per cento, che glielo abbia fatto abortire».

«A Robin?»

«Sì, è davvero triste. Lei vuole solo essere una madre. Ogni donna dovrebbe poterlo essere».

«Crede che Robin possa averlo scoperto in qualche modo e abbia ucciso Phil in un impeto di rabbia?»

«Non so. Non credo, ma immagino non si possa mai sapere, no?»

«C'è una cosa che non capisco, signor Stewart».

Signor Stewart? «Cosa, detective?»

«Si è appena ricordato di questa relazione?»

«Sì, Philly aveva un sacco di cavalli nella sua scuderia».

«Qualcuna di loro ha avuto dei figli da lui?»

«Uhm, no».

«Qualcuna di loro veniva da un'isola?»

«No».

«Direi che la maggior parte delle persone si ricorderebbe di queste cose, signor Stewart».

Merda, non avrei dovuto esagerare. Avrei voluto riattaccare.

«Immagino di non aver pensato che potesse essere tornato con lei».

«Capisco. A proposito, sono andato a trovare Turnberry, e ha detto di non avere idea del perché gli abbia indicato il suo nome. Ha detto che vi conosceva a malapena».

«È un mucchio di stronzate. Lo conoscevamo dai tempi della scuola».

«Ma lei e Phil non lo vedevate molto di recente, giusto?»

«Ogni tanto. È stato arrestato un sacco di volte, è andato in prigione. Ho pensato che fosse qualcuno su cui avrebbe dovuto indagare, tutto qui. Sto solo cercando di aiutare».

«Okay, signor Stewart. Indagheremo su quello che ci ha detto».

10

LUCA

Più parlavo con Stewart, più mi sentivo a disagio. Qualcosa in lui non mi quadrava. Non riuscivo a capire cosa fosse di preciso e l'avevo liquidato come un tipo un po' strambo, ma ora se ne usciva con questa storia di una relazione a lungo termine con una ragazza dell'isola da cui Phil aveva avuto un figlio. E per di più dopo quel buco nell'acqua con Turnberry?

Avrebbe dovuto spifferare tutto fin dal primo giorno. Era una cosa importante. Un'altra fitta acuta mi colpì all'addome, quasi togliendomi il respiro. Durava da troppo tempo. Dovevo farmela controllare da un medico. Mentre il dolore si placava, iniziai a pensare che forse Stewart stesse solo proteggendo il suo amico e non volesse che Robin lo sapesse. Stewart era certamente protettivo nei suoi confronti, un po' troppo, a mio parere.

Cavolo, che figura imbarazzante sarebbe se per tutto questo tempo Phil se ne fosse stato spaparanzato su una spiaggia con la sua famiglia isolana mentre Robin organizzava squadre di ricerca. Sarebbe stata la notizia principale per settimane.

Mi mancava non potermi scambiare idee su questo caso con il mio vecchio partner, J. J. Cremora. Ci scambiavamo più idee di quante ne rimbalzino in un campo da racquetball. Era un bravo poliziotto e mi impediva di essere pignolo, la maggior parte delle volte. Non riuscivo ancora a credere che non ci fosse più. Perderlo era stata la cosa più dura che avessi mai affrontato. Il divorzio, per gran parte colpa mia, non era stato niente in confronto alla sua morte. L'unica consolazione era che la sua scomparsa mi aveva portato a Naples.

Ne avevamo passate tante insieme; giuro che se non fosse stato per lui, non mi sarei mai ripreso dal caso Barrow. L'immagine di quel ragazzo impiccato ai tubi nella sua cella mi tornò di colpo in mente.

Mi alzai. Il sole splendeva attraverso le finestre, ma la stanza mi stava soffocando. Andai in bagno a sciacquarmi la faccia con acqua fredda. Non importava quante volte dicessi al mio riflesso di scrollarsi di dosso la malinconia, non funzionava. Avevo bisogno di una dose dell'elisir del sud-ovest della Florida e, dato che era quasi ora di pranzo, mi diressi dritto al Turtle Club per averne.

Non era ancora mezzogiorno, ma la terrazza sulla spiaggia del ristorante era quasi piena. Mi accaparrai un tavolo e rimasi ipnotizzato dal golfo placido finché una donna in copricostume non fu accompagnata al tavolo accanto al mio. Era uno schianto, e le dissi: «Che bella giornata».

Lei sorrise. «È stato bello per tutta la settimana».

«So cosa vuole dire. Qui non abbiamo nemmeno bisogno di un canale meteo».

«Lei vive qui?».

«Sì, sono bloccato in paradiso».

«Deve essere bello».

Annuii. «Lei di dov'è?».

Il suo nome era Kayla ed era venuta da Chicago per parte-cipare a un seminario di marketing. Per quanto mi riguardava, non aveva bisogno di alcun aiuto per vendere; avrei comprato qualsiasi cosa stesse spacciando. Il seminario era finito e questa meraviglia si stava godendo qualche giorno di vacanza che aveva aggiunto al viaggio.

Disse: «Questa è la mia prima volta al Turtle Club. Ho provato a venire ieri ma era strapieno».

«Qui è sempre affollato. Che ne dice se li aiutiamo? Posso spostarmi al suo tavolo e liberare il mio per qualche anima fortunata».

Lei acconsentì e io sorrisi al pensiero che, lassù in cielo, il mio amico J. J. stesse muovendo i fili e mi avesse aiutato ancora una volta.

———

TORNATO DAL PRANZO, mi collegai al portale internazionale e compilai due richieste per l'Interpol, una per ciascuno dei possibili cognomi di questa ragazza dell'isola. Di solito ci volevano dai tre ai quattro giorni per ricevere una risposta dagli europei, ma chissà quanto tempo ci sarebbe voluto o se addirittura avrebbero dato seguito alla richiesta nei Caraibi.

Chiamando la sede dell'American Airlines a Fort Worth, fui accolto da un labirinto di messaggi registrati. Al terzo menu mi ero perso e dovetti richiamare.

La donna delle risorse umane fu abbastanza gentile, ma disse che la compagnia aerea considerava confidenziali i fasci-coli dei dipendenti. Spiegai che si trattava di un'indagine di polizia e che volevo solo sapere se una certa persona lavorava per loro e come contattarla.

Mi mise in attesa per un minuto prima di dirmi che dovevo presentare la richiesta per iscritto. Chiedendo quanto tempo sarebbe passato dopo aver ricevuto la mia richiesta, ricevetti una risposta burocratica su come dovesse essere approvata dai loro dipartimenti legale e delle risorse umane.

Inviai rapidamente la richiesta e stavo iniziando a pensare all'appuntamento che avevo preso con Kayla quando il mio telefono squillò. La chiamata portò una chicca inaspettata che complicò il caso di Phil Gabelli.

11

STEWART

«*La gemma non può essere lucidata senza attrito, né l'uomo perfezionato senza prove.*» – Confucio

Tre giorni dopo aver parlato a Luca della vecchia bellezza caraibica di Phil, il detective mi chiamò e mi chiese di andare nel suo ufficio. Ero sicuro che avesse trovato qualcuno che corrispondesse alla mia ragazza isolana e per l'occasione avevo scelto un bel paio di pantaloni bianchi. Emozionato ma terrorizzato all'idea di guidare nel traffico per raggiungere il complesso municipale, mi passai il rasoio elettrico sul viso e mi cambiai la camicia prima di saltare in macchina.

Svoltai dalla Tamiami Trail e parcheggiai in un posto del garage. Non faceva caldo e l'umidità era bassa, ma la camicia mi si stava scurendo mentre svuotavo le tasche per il controllo di sicurezza. Ripetendo in silenzio la frase 'Metti le ali allo stress e lascialo volare via', mi sedetti nella sala d'attesa.

Luca uscì prima che potessi leggere una pagina di *Men's Health*. Non era amichevole e la mia guardia si alzò ancora di più mentre mi faceva entrare nel suo ufficio angusto. La scrivania e la credenza di Luca erano sommerse di fascicoli, ma non c'era nessuna foto di famiglia o di amici.

«Si accomodi. Vuole qualcosa da bere?»

Già meglio.

«No, sono a posto, grazie. Perché voleva vedermi? Ha una pista su Phil?»

«No, ma quando l'avremo, sarà Robin a esserne informata.»

Robin. Come se fossero vecchi amici. Avevo avuto la sensazione fin dall'inizio che questo bellimbusto ci avrebbe provato con lei. Mi chiesi cosa pensasse di lui. Di tutti i detective del mondo, doveva capitarmi proprio quello che assomigliava a George Clooney. Senza dubbio, era maledettamente affascinante. Avrei dovuto semplicemente affrontare Robin e chiederle cosa ne pensava di lui.

Luca si sporse in avanti e disse: «Come mai non mi ha mai detto di aver avuto una relazione con la signora Gabelli?»

Accidenti. Chi diavolo glielo aveva detto? Non poteva essere stata Robin. Impossibile. Il petto mi si stava stringendo quando dissi: «Non c'entra assolutamente nulla.»

«Secondo me, c'entra eccome.»

«Come lo ha scoperto?»

«Non si preoccupi del come. Voglio sapere di che si trattava.»

Tirai fuori il mio inalatore.

«Non sono affari suoi. Cazzo, sta andando in giro a ficcare il naso nella vita privata della gente. Se vuole il mio parere, è una stronzata.»

«Preso atto. Ora, il suo amico è scomparso e lei andava a letto con sua moglie. Sembra una coincidenza, non è d'accordo?»

«E quindi? Adesso sarei un sospettato?»

«Noi esaminiamo tutti, specialmente le persone vicine al signor Gabelli. La sua, diciamo così, relazione con la moglie è un elemento interessante.»

«Beh, io non c'entro niente con quello che è successo a Phil.»

Luca si appoggiò allo schienale. «E cosa gli è successo di preciso?»

«Non lo so. È scomparso, tutto qui.»

Luca fece una smorfia e si massaggiò un fianco. «Ne è sicuro?»

Che diavolo voleva dire con questo?

«Senta, gliel'ho detto, a Phil piaceva andare in giro a scoparsi ogni pezzo di figa che gli capitava a tiro. Probabilmente starà scopando anche in questo momento.»

Luca si appoggiò di nuovo allo schienale e mise un piede sull'angolo della scrivania. «Vuole sapere un'altra cosa interessante?»

Il suo tono non mi piacque per niente, così mi limitai a stringermi nelle spalle.

«Pare che lei abbia detto a Robin di lasciare Phil. È vero?»

Come diavolo faceva a saperlo? Voglio dire, Robin, per l'amor di Dio, che cosa stai combinando?

«Guardi, come le ho detto, Phil tradiva sempre Robin. Era una relazione abusiva. La stava facendo passare per una stupida, porca miseria!»

«Adesso fa anche il consulente matrimoniale?»

«Ehi, io e Robin siamo buoni amici.»

«Amici? Io direi che era molto più di questo.»

«Dove vuole arrivare? Ha qualcosa contro di me oltre a una vecchia tresca?»

Luca inclinò la testa e sorrise. Era un bastardo presuntuoso.

Dissi: «Non dimentichi, signor detective, che stiamo parlando di un paio di anni fa.»

All'improvviso, Luca si afferrò lo stomaco e strinse i denti. Poi si piegò in due per un secondo. Non sembrava sentirsi molto bene, così mi alzai.

«Se non ha altro, io me ne vado.»

12

LUCA

IL DOLORE DURÒ PIÙ DEL SOLITO. NON AVREI DOVUTO LASCIARE che Stewart se ne andasse, ma sembrava che non sarebbe mai passato. Stewart era un serpente. Si scopava la moglie del suo migliore amico. Ma quanto si può cadere in basso?

Almeno non aveva peggiorato le cose mentendo. Caspita, mi sarebbe piaciuto un sacco incastrarlo per quello. Stewart avrebbe dovuto dire qualcosa sulla tresca. E, a dire il vero, anche Robin avrebbe dovuto. La gente crede di poter tenere per sé oscuri segreti, ma, se volete la mia opinione, l'unico modo per due persone di mantenere un segreto è quando una delle due è morta.

La tresca era una potenziale bomba. Apriva la porta a ogni genere di possibilità. Stewart avrebbe potuto far fuori il suo amico per avere un'altra possibilità con Robin, o entrambi avrebbero potuto essere i protagonisti di una cospirazione per eliminare Phil. C'era la possibilità che Robin, anche se non riuscivo a immaginarmelo, potesse averlo fatto da sola. Tutto era di nuovo in gioco, ora che sapevo che non era la moglie fedele che voleva far credere di essere.

Presi nota mentalmente di controllare se ci fossero polizze assicurative di cui Robin avrebbe potuto beneficiare, mentre mi dirigevo in bagno.

Una traccia di rosso nelle urine mi allarmò. Decisi di aspettare. Se non fossi riuscito a ottenere un appuntamento con il mio medico per l'indomani, sarei andato all'ambulatorio di Vanderbilt. Per un attimo pensai di andare subito al pronto soccorso, ma non volevo che nulla si mettesse di mezzo all'appuntamento con Kayla.

Anche se il mio vecchio partner JJ mi mancava da morire, il più delle volte lavorare da solo sembrava la soluzione ideale per me. Ma con un caso che si complicava di giorno in giorno, non vedevo l'ora che Mary Ann Vargas tornasse dalle vacanze. Era la mia prima partner donna e, sebbene ogni tanto mi facesse passare dei brutti quarti d'ora e fosse fissata con l'astrologia, era una delle migliori. In più, c'era qualcosa in lei che non riuscivo a decifrare. A volte sembrava dolce come lo zucchero, altre volte insignificante come il pane bianco. In ogni caso, me ne sarei stato alla larga, o almeno speravo di riuscirci.

L'indomani ci saremmo divisi i compiti. Io avrei approfondito la questione della tresca con Robin e avrei scavato più a fondo su Stewart, magari facendo anche una visita al suo posto di lavoro. Nel frattempo, Mary Ann avrebbe dato la caccia all'allibratore con cui Phil era indebitato e avrebbe scoperto tutto il possibile sulle finanze di Robin e Phil.

Il cellulare suonò per ricordarmi che alle due dovevo essere in tribunale. Grazie a Dio per il promemoria. Mi ero dimenticato di dover testimoniare in un caso riguardante una banda di ladri d'auto. Una filiale della mafia russa si era stabilita a Miami e aveva tratto profitto da un piano piuttosto astuto. I russi si erano associati a un gruppo di criminali haitiani della contea di Collier, che rubavano auto di lusso specifiche su richiesta dei russi.

Naples era piena di ricconi con auto costose che guidavano a malapena. Molti dei proprietari erano via per settimane intere e i russi avevano un'infinità di informazioni sul chi, quando e dove. Gli haitiani prendevano le auto e le portavano a Miami in rimorchi con il marchio FedEx.

Una volta arrivate, i russi le caricavano in container e le spedivano in Europa orientale. La maggior parte delle auto era già fuori dal paese prima che ne venisse denunciato il furto. Era un piano perfetto, finché non si sono ingolositi e hanno iniziato a prendere auto i cui proprietari si accorsero della sparizione e ne denunciarono il furto.

I russi usavano numeri di telaio duplicati per far passare le auto rubate attraverso i controlli per l'esportazione, replicando lo stesso schema che usavano per vendere veri numeri di previdenza sociale ai clandestini. Era un'idea talmente semplice in un mondo così complicato che era passata inosservata per troppo tempo.

Sorrisi mentre mi dirigevo in tribunale, pensando che tutte le cose belle prima o poi devono finire.

———

PROVAI UN'ONDATA di sollievo quando vidi Kayla che aspettava al Baleen. Era bella, no, ancora meglio della prima volta che l'avevo vista. Nel corso degli anni avevo rivalutato parecchie donne, sempre indotto dalla nebbia dell'alcol, ma questa ragazza era un'altra storia. Kayla era vestita da urlo. Cavolo, meno male che mi ero fatto una doccia e mi ero cambiato.

Mi piacque il fatto che non fosse al bar ma in piedi nella hall de La Playa. Nonostante il modo schietto in cui ci eravamo conosciuti, era chiaro che non si sentiva a suo agio da sola in un bar che non conosceva.

Mi diede un bacio sulla guancia per salutarmi e ci facemmo largo tra una folla di persone venute a vedere il tramonto. Temevo che non avremmo trovato un buon tavolo per guardare il sole inabissarsi nel golfo, ma il mio amico al bar aveva fatto la sua parte per me.

Ci accomodammo a un tavolo sulla terrazza e ordinai una bottiglia di Viognier. Non potei resistere alla tentazione di ordinare un vitigno poco conosciuto per far colpo su di lei.

«Wow, devi avere delle conoscenze. Guarda qui. È bellissimo.»

«Uno dei vantaggi di vivere qui.»

«Beh, è stato carino da parte tua portarmi qui. È un posto davvero incantevole.»

«È un piacere per me. Te lo meriti.»

Credo che sia arrossita. Questa donna potrebbe essere troppo bella per essere vera.

«Allora, com'è andata la tua giornata? Preso qualche malvivente?»

«Per fortuna, qui non c'è tanta criminalità come nel New Jersey. Ma oggi ho passato, o dovrei dire sprecato, gran parte della giornata in tribunale.»

«Cos'è successo?»

«Avrei dovuto testimoniare su una banda di ladri di auto di lusso che abbiamo smantellato, ma il giudice ha rinviato il processo.»

«Quindi, l'hanno fatta franca?»

«No, no. Un rinvio è come un time-out. Gli avvocati della difesa hanno presentato una serie di mozioni, ognuna delle quali a mio parere infondata, impedendomi di salire al banco dei testimoni. È stata solo un'altra perdita di tempo in un sistema impantanato da troppi cavilli legali.»

«Mi dispiace. Deve essere frustrante.»

Mi capiva? Che cosa avevo fatto per meritarmi questo?

Annuii. «A volte, ma comunque, Lei che cosa ha fatto oggi?»

Iniziò a raccontarmi di essere andata in una spiaggia del centro per assaporare l'atmosfera di Old Naples, quando la fitta allo stomaco ricominciò. Chiesi scusa e dissi di dover andare al bagno degli uomini, sentendomi come se stessi per farmela sotto.

Spinsi la porta, sentendomi la testa leggera, e urtai un uomo che stava aiutando un bambino a lavarsi le mani al lavandino. Mi avvicinai all'orinatoio con il terrore di guardare giù e, quando lo feci, era un mare di rosso.

«Merda!»

«Ehi, amico, modera il linguaggio.»

«Io, io...»

La stanza cominciò a girare e le ginocchia mi cedettero.

13

LUCA

R̲ipresi conoscenza al pronto soccorso dell'NCH e non sapevo cosa fosse peggio, la fitta lancinante allo stomaco o il mal di testa martellante che mi annebbiava la vista. Una selva di aste reggeva sacche collegate a entrambe le braccia. Mentre mi sforzavo di ricordare cosa fosse successo, un paio di camici bianchi entrarono nel cubicolo che ormai chiamavo casa.

«Signor Luca, sono il dottor Mancino, e questa è l'infermiera Mary.»

Annuii. «Cosa mi è successo?»

«Ha un'emorragia interna. La perdita di sangue ha causato un calo dell'emoglobina, facendole perdere conoscenza.»

«Un'emorragia?»

«Abbiamo scoperto un paio di tumori nella sua vescica che stanno sanguinando.»

Oh, no, tumori? Vi prego, non ditemi che è cancro.

«Le stiamo somministrando un farmaco per fermare l'emorragia, ma dovremo fare ulteriori esami ed eseguire una biopsia.»

Mi sentii chiedere: «Ho il cancro?»

«Faremo una valutazione completa prima di fare qualsiasi prognosi.»

«So che è presto, ma in base alla sua esperienza, dottore, cosa ne pensa?»

«È probabile che sia cancro, ma anche se lo fosse, non sembra aver superato la parete della vescica. Quindi, per ora non si allarmi eccessivamente.»

«Non allarmarmi? Mi dice che ho il cancro e che sto pisciando sangue, per l'amor di Dio.»

«Capisco, signor Luca. È del tutto naturale essere allarmati, ma il farmaco che le stiamo somministrando terrà l'emorragia sotto controllo. Ora, prima di andare, ha altre domande?»

Invece di chiedere: "Quanto mi resta?", dissi: «La testa mi fa un male cane.»

«Lo immagino. A quanto pare ha battuto la testa quando ha perso conoscenza. Non è niente di grave. Svanirà in un giorno o due. Le prescriverò una dose di paracetamolo in bolo endovenoso che l'aiuterà.»

La mattina, un oncologo di nome Murray venne a trovarmi poco prima che mi portassero in sala operatoria. Mi avrebbero fatto una biopsia per avere maggiori informazioni sui miei tumori. Era una cosa spaventosa da morire, ma il dottor Murray mi assicurò che le scansioni mostravano dei tumori che potevano essere rimossi chirurgicamente. Disse che sarei tornato come nuovo in un paio di mesi.

Prima che mi addormentassero, mi misi a pensare che, a parte il mal di testa, che era leggermente migliorato, il dolore all'addome era scomparso, ma il solo fatto di starmene lì sdraiato mi faceva arrabbiare. Come cazzo era successo? Avevo appena compiuto quarant'anni ed ero troppo giovane per una cosa del genere.

Di lì a poco avrebbero iniziato la prima procedura, poi avrei subito l'intervento chirurgico, e chissà cosa dopo. Le cose erano andate troppo bene, e ora sembrava che mi fossi trasferito in paradiso troppo tardi. Sapere che avrei dovuto passare per un inferno non mi faceva sentire bene. Ero spaventato e speravo con tutto me stesso che Murray avesse ragione quando diceva che ce l'avrei fatta.

———

IL MIO COLLEGA Vargas aveva saputo dell'accaduto e mi chiamò per la seconda volta da un'isola caraibica. Dopo aver riattaccato, un paio di colleghi del distretto passarono a trovarmi. Ancora sotto l'effetto dell'anestesia, mi stavo appisolando mentre loro se ne stavano lì nella stanza. Non avendo voglia di nessuna dannata compagnia, non feci nulla per nasconderlo. Mi addormentai e, quando mi svegliai, se n'erano andati. Rivolsi la mia attenzione alla TV come se fosse un'opera di Michelangelo.

Anche se ero intontito, prima ancora che entrassero nella mia stanza, percepii la presenza del dottor Murray con un altro camice bianco, il che non era un buon segno.

«Come si sente, signor Luca?»

«Direi bene per quanto possibile, data la mia situazione. Com'è andata?»

I dottori si scambiarono un'occhiata e Murray disse: «Questo è il dottor Lino. È un chirurgo ricostruttivo.»

Annuendo lentamente, rimuginai sulla parola "ricostruttivo".

Il dottor Lino disse: «Signor Luca, le cose sono più complicate di quanto si pensasse inizialmente. Sebbene la biopsia abbia evidenziato una forma di cancro non particolarmente aggressiva, le ulteriori scansioni che abbiamo eseguito mostrano che i tumori hanno superato la parete della vescica.»

Guardai il dottor Murray, che aveva le labbra serrate.

«Cosa significa tutto questo, dottore?»

Il dottor Murray disse: «Considerata la lesione, dobbiamo essere estremamente cauti per assicurarci che il cancro non si diffonda. Temo che dovremo rimuoverle la vescica.»

Sarei potuto sopravvivere senza vescica? Immaginavo di sì, se parlavano di toglierla. Come avrei fatto a pisciare? La mia mente partì per la tangente.

«Signor Luca?»

«Mi scusi, non riesco a metabolizzare tutto questo.»

«Sappiamo che è tanto a cui pensare. È del tutto normale.»

«Cosa mi succederà? Ce la farò?»

«Sì, sì. Finché il cancro non si è diffuso, e non c'è assolutamente alcuna prova che faccia pensare il contrario, starà bene.»

Me lo stava dicendo lo stesso tizio che all'inizio aveva detto che non aveva superato la parete, quindi non trovai alcun conforto in ciò che aveva appena detto.

«Avete detto che dovrete togliermi la vescica. Non mi serve? Come farò a vivere senza vescica?»

«Beh, ci sono un paio di opzioni» disse Murray, rivolgendosi a Lino.

«In condizioni ottimali, saremmo in grado di creare per lei una vescica de facto dal suo intestino crasso. Ne sezioneremmo un pezzo e reindirizzeremmo il tratto urinario.»

Sembrava che sarei stato abbastanza normale.

«Qual è il lato negativo, dottore?»

«Non molti, purché riusciamo a farlo. L'unica cosa è che

perderà le terminazioni nervose che la avvisano quando deve urinare. In altre parole, non sentirà lo stimolo.»

«Vuol dire che dovrò portare un fottuto pannolone?»

«No, no. Le consigliamo di seguire un programma e di urinare ogni due ore circa.»

Sospirai. «Okay, okay. Posso farlo.»

«C'è un'altra cosa: dovrà sedersi sul water e spingere un po' per far uscire l'urina.»

Quindi dovevo sedermi come una donna. Okay, potevo gestirlo. Comunque, era mille volte meglio che portare i pannoloni.

«Ovviamente non c'è garanzia che riusciremo a ricostruire una vescica. Se non fossimo in grado di farlo, le altre opzioni consistono nel costruire un serbatoio interno che dovrebbe svuotare.»

«Cosa? E come farei a far uscire la piscia?»

«Avrebbe un'apertura. Sarebbe chiusa da un tappo e lei inserirebbe un tubicino per rimuovere i liquidi.»

Scossi la testa. «È una follia.»

«In alternativa, potremmo usare un contenitore esterno per raccogliere l'urina, del quale dovrebbe svuotare il contenuto.»

Una sacca di piscio appesa addosso? Che figurone avrei fatto con le donne. Ero finito. Il pensiero di risposarmi e avere un figlio andava dimenticato. I dottori continuarono a parlare e io continuavo a sprofondare. Li sentii salutarmi e rimasi a rimuginare sul fatto di essere appena salito su un tapis roulant infinito di visite mediche.

14

STEWART

«*Tutti i nostri sogni possono diventare realtà, se abbiamo il coraggio di inseguirli*». - *Walt Disney*

ALZANDO IL VOLUME DELLA RADIO, cantai a squarciagola: «Oh, we can beat them. Then we can be heroes, if only for a day. We can be heroes». Adoravo cantare questo pezzo di Bowie. È la mia canzone preferita in assoluto. Dice tutto. Caspita, mi faceva sentire bene ascoltarla mentre guidavo sulla 75.

Erano alcuni giorni che Luca non mi stava alle costole. Doveva aver indagato sulla storia con Robin e non aver trovato niente a cui potersi aggrappare. Anche se mi stava lasciando in pace, non riuscivo a scrollarmi di dosso la sensazione che prima o poi sarebbe saltato fuori con una delle sue cazzate alla Colombo.

Il traffico sulla 75 era denso e procedeva a rilento. Cavolo, com'ero stufo di guidare fino a North Ft. Myers ogni giorno. A peggiorare le cose c'era il fatto che lo facevo per un lavoro che odiavo. Assolutamente no, non avrei continuato a farlo ancora per molto. La vita è davvero troppo breve, e presto avrei compiuto quarant'anni, e poi cinquanta, e be', chissà cosa succederà? La vita si muove alla velocità della luce e finisce prima che tu te ne accorga. Perché la maggior parte della gente si trascina avanti come zombie? Non io. Avrei barattato un'ora al sole con dieci anni in un posto deprimente.

Forse a Robin sarebbe piaciuta una bella vacanza quando le acque si fossero calmate e avremmo ritrovato la nostra intesa. Eravamo simili; avrebbe superato quest'incubo e si sarebbe resa conto che doveva andare avanti. Dicevamo sempre che l'unico modo di vivere era godersela quando e dove si poteva. Le cose cambiano in un batter d'occhio; ora lei lo sapeva meglio di chiunque altro. Scommettevo che sarebbe tornata in sé presto.

A Robin piaceva spendere soldi, non sprecarli, ma goderseli. Le piaceva dire: «Metti via qualcosa, ma non privarti di ciò che vuoi adesso, perché non sai nemmeno se più tardi sarai ancora qui». Era una gran bella citazione e aveva ragione. Assolutamente ragione. Non avevo dubbi, è mille volte meglio vivere un paio d'anni fantastici che trent'anni di merda a tirare avanti. Mi preoccuperò del futuro quando e se mai arriverà.

Un agente della stradale sfrecciò sulla corsia centrale. Erano già passate le nove ed ero di nuovo in ritardo. Mi sarei dovuto sorbire un'altra ramanzina da Greely.

Afferrando il telefono, composi il numero di Robin.

«Ehi, Robin. Come stai?»

«Okay. Che c'è?»

«Niente, tutto bene. Volevo solo sapere come stavi, sto andando al lavoro».

«Oh, grazie».

Le chiesi: «Cosa fai oggi?»

«Non so. Pensavo di fare un salto in ufficio».

Questa è la mia ragazza, pensai, ma dissi: «Sei sicura? È una buona idea e tutto, però...».

«Non ce la faccio più a starmene qui. È troppo deprimente».

«Andrà meglio col passare del tempo. Vedrai».

«Non lo so, Dom. Non so più niente».

«Devi darti tempo. Si sistemerà tutto. La vita va avanti, come una scala mobile, che tu ci sia sopra o no». Rabbrividii: una scala mobile, avevo detto davvero così?

«Non so cosa farò senza di lui».

«È dura, lo so, ma non perdere la speranza».

«Grazie, ma continuo a pensare che sia inutile sperare che si faccia vivo».

«Non si sa mai. Ci sono stati un sacco di casi strani, e questo potrebbe essere uno di quelli».

«Spero tu abbia ragione».

«Senti, perché non vai in ufficio? Ti terrà la mente occupata».

«Hai ragione. Penso che lo farò. Buona giornata».

«Oh, Robin, hai più sentito quel detective, Luca?»

«Non da un paio di giorni. Credo sia questo che mi butta giù».

E a me tira su, pensai.

«Sono sicuro che ci stanno lavorando».

«Non lo so, sto perdendo fiducia in loro».

«Sei solo depressa. Devi staccare un po'. Prenderti una pausa».

«Non saprei».

«Ti farebbe bene. Magari potremmo andare insieme».

«Non mi sembra appropriato».

Ero ancora sulla 75, ma dissi: «Pensaci. Ehi, senti, scusa, ma sono appena arrivato in ufficio. Ci sentiamo dopo».

15

LUCA

OGGI ERA IL GIORNO. ANCHE SE MI AVEVANO DATO TEMPO PER pensarci, volevo che mi togliessero quel cancro prima che si diffondesse. Erano passati solo cinque giorni dal mio collasso e l'operazione era fissata per oggi.

Verso mezzogiorno mi avrebbero portato di sotto, in sala operatoria. Il petto cominciò a stringersi mentre rimuginavo sull'opportunità di chiedere un secondo parere. I medici sembravano sapere il fatto loro e dicevano di aver eseguito quella procedura quasi cento volte. Per me, era un'esperienza enorme. Poi mi venne un pensiero: non sapevo se le avessero eseguite tutte qui, al NCH. Avrei dovuto chiederlo. O no? Se qualcuno in ospedale avesse fatto un casino, per me sarebbe stata la fine.

Era difficile non sentirsi uno sciocco. Avevo sempre sentenziato che dovevamo fare i conti con la nostra mortalità e che la nostra cultura viveva negando la realtà, ma dalla diagnosi non avevo più dormito senza narcotici. Non potevo farci niente. Era irrazionale e contrario al mio modo di vivere. La gente adora sempre parlare di quello che succede agli altri, ma io sapevo che non era una questione di *se* qualcosa ti sarebbe successo, ma solo di *quando*.

Era l'affermazione più vera mai espressa, ma ora, di fronte a quel «quando», non potevo smettere di sentirmi come se mi avessero derubato di tutto. Continuai a crogiolarmi nel mio dolore per altri dieci minuti, finché un'infermiera carina non interruppe quello stato d'animo. Dopo che se ne fu andata, riuscii abbastanza bene a convincermi che sarebbe andato tutto per il meglio.

La porta si aprì di scatto e apparve la mia partner, con in mano un palloncino a forma di orsacchiotto. Un brivido mi corse lungo il collo. Che ci faceva qui? Vargas non doveva tornare prima di altri due giorni. Oh no, se era tornata prima, doveva sapere qualcosa.

«Vargas, hai finito le ferie?»

«Ciao, Frankie. Come ti senti?»

«Tutto bene.»

«Sei sicuro?»

«Sì. Perché? Non ho un bell'aspetto?»

«Vedo che la tua vanità è intatta.» Posò il palloncino sul comodino.

«Molto divertente.»

«Scherzi a parte, Frank, che succede? Sono molto preoccupata per te.»

Sospirai. «Cancro alla vescica.»

Vargas sbiancò e appoggiò la mano sul comodino. «Oh mio Dio.»

«Non fare la tragica. Sopravviverò.»

«Ma come? Voglio dire, così, all'improvviso?»

«Chi lo sa? Ho avuto un po' di sangue nella pipì negli ultimi giorni e qualche dolore allo stomaco, ma nient'altro.»

«Mi ricordo che dicevi di avere mal di stomaco settimane fa. Ti ho detto almeno cinque volte di andare dal medico.»

«Non sarebbe cambiato niente, mammina.»

«Cosa faranno? Chemioterapia?»

Scossi la testa. «Chirurgia. Tra un paio d'ore.»

Vargas si appoggiò al letto. «Oggi?»

Ci teneva davvero. Mi venne un nodo in gola e riuscii solo a fare un cenno affermativo col capo.

«Che dicono i medici?»

«Rimuoveranno i tumori e parte della vescica, ma dovranno vedere una volta entrati.»

«Mi dispiace tanto, Frank.» Vargas mi diede una pacca sulla mano.

Deglutii. «Non ti preoccupare, starò bene.»

«Prego per te, Frank. Avrò detto almeno cento Ave Maria durante il volo di ritorno.»

Era così sincera che quasi scoppiai a piangere. Riuscii a stento a pronunciare un grazie.

«Dopo l'operazione, qual è il tempo di recupero?»

«Non l'hanno detto. E io non l'ho mai chiesto. Ma un paio di mesi, suppongo, prima di poter tornare a tormentare il tuo culo latino.»

Lei sorrise. «Non vedo l'ora.»

«Cosa succede al lavoro?»

«Niente di che, la solita solfa.»

«Novità sul caso Gabelli?»

«Andiamo, Frank, devi concentrarti sul rimetterti in sesto.»

«Sai, c'è qualcosa in quel tipo, Stewart, che non mi convince.»

«Ma sono amici per la pelle.»

«Bell'amico, Stewart andava a letto con la moglie del suo compare.»

«È stato un paio di anni fa. Gabelli ha l'abitudine di sparire. Magari stavolta semplicemente non tornerà.»

«Cos'hai scoperto sul suo allibratore?»

«Impossibile avvicinarsi a Tommy Serra. Sto aspettando che un contatto mi faccia entrare.»

«Stai attenta con quella gente. Sai perché lo chiamano Tommy Pollici?»

Vargas scosse la testa. «No.»

«Quando Tommy stava iniziando la carriera, era un sicario dei Bigiotti, e quando qualcuno non pagava, gli spaccava i pollici con un martello.»

«Carino, davvero carino. Pensi che sia il tipo da far fuori un debitore?»

«Non credo. Non ha senso uccidere qualcuno che ti deve dei soldi. Così non riscuoteresti mai. Ma non si sa mai, qualcosa potrebbe essere sfuggito di mano.»

«O avevano bisogno di dare un esempio.»

«Ora sì che ragioni, Vargas. Quella vacanza ti ha fatto bene. Ehi, se ti capita l'occasione, dai un'occhiata a dove lavora Stewart. Non si sa mai cosa potremmo scoprire.»

Entrarono un paio di infermiere per prepararmi per l'intervento e Vargas mi mise un rosario in mano. Tentai valorosamente di ricacciare indietro le lacrime mentre mi diceva addio.

16

STEWART

«*C'È CHI FA IN MODO CHE LE COSE ACCADANO, CHI STA A GUARDARE mentre accadono, e chi si chiede: 'Cosa è successo?'.*» - Anonimo

MI SQUILLÒ IL CELLULARE. Era lei. Perfetto.

«Che si dice di bello, raggio di sole?»

Disse Robin: «Ho chiamato per parlare con il detective Luca, ma è in malattia».

Alzai un pugno al cielo. «Oh. Chissà cosa gli è successo».

«Adesso nessuno cercherà più Phil».

Ci risiamo. A volte sa essere davvero melodrammatica. «Sono sicuro che lavorano in squadra. Niente panico, Robin».

«Non sto andando nel panico, Dom! Ogni giorno che passa senza Phil, è più probabile che non torni più. Lo sento, sento che gli è successo qualcosa, e a te non sembra importare».

«Certo che mi importa. Era il mio migliore amico».

«Beh, non stai facendo molto per aiutarlo».

«Questo non è giusto, Robin. Senti, so che non si mette

bene, ma non si sa mai. Potrebbe essere stato rapito da qualche pazzo, o qualcosa del genere».

«Gli è successa una cosa brutta. Ho fatto un bruttissimo sogno stanotte».

Era questo, dunque, un sogno l'aveva turbata. La calmai e le dissi che avrei contattato la polizia per scoprire chi avesse preso il posto di Luca sul caso.

La mia chiamata per Luca fu inoltrata a una donna di nome Mary Ann Vargas. Al telefono sembrava gentile. Mi chiesi che aspetto avesse.

«Cercavo il detective Luca».

«È in congedo. Sono la sua partner. Cosa posso fare per lei?»

«Oh, spero che stia bene».

«Starà bene».

«Bene. Vede, si stava occupando di un caso di persona scomparsa e ci chiedevamo a che punto fosse».

«Chi è la persona in questione?»

«Ne avete più di una?»

«Il nome?»

Un'altra personcina allegra.

«Gabelli, Phil Gabelli. Ne sa qualcosa?»

«Certamente. Come ho detto, sono la partner del detective Luca».

«Ma non l'avevamo mai sentita nominare».

«In cosa posso esserle d'aiuto?»

«Lei sa qualcosa?»

«Ho il fascicolo del caso. Posso chiederle perché se ne sta occupando lei invece della signora Gabelli?»

«Robin ha detto di aver chiamato ma di non essere riuscita a ottenere informazioni».

«Non c'è niente da riferire».

«Oh. Nessuno sta cercando Phil?»

«Questa è un'indagine in corso e stiamo seguendo un paio di piste».

Piste? Cosa intendeva dire? «Oh, bolle qualcosa in pentola?»

«Non sono autorizzata a discutere del caso, ma può rassicurare la signora Gabelli che stiamo continuando a cercare di determinare dove si trovi suo marito».

«Quindi, pensa che sia scappato da qualche parte?»

«Non ho detto questo».

«Non esattamente, ma ha detto 'dove si trovi', e questo in un certo senso significa...»

«Mi dispiace, ma devo andare. Può dire alla signora Gabelli che ci faremo sentire man mano che ci saranno sviluppi».

Sviluppi? Sembrava che avessero qualcosa. La domanda era: cosa?

La ringraziai e la salutai. Poi ci rimuginai sopra per un minuto prima di mandare un messaggio a Robin.

17

LUCA

M<small>I SVEGLIAI IN SALA DI RISVEGLIO CON LA SENSAZIONE CHE UN</small> lottatore di sumo avesse usato il mio addome come un trampolino. Avevo la bocca completamente secca. C'erano un sacco di tubi infilati nel mio corpo, che mi stavano spaventando a morte. Perché così tanti tubi? Non me ne avevano parlato. Qualcosa era andato storto?

Il peggiore era il sondino che mi usciva dal naso; mi dava un fastidio cane. Ero frastornato e avrei voluto strapparmelo via, ma riuscivo a malapena ad alzare un braccio.

Il cuore prese ad accelerare. Era molto peggio di quanto mi aspettassi. Mi sembrava che i dottori non fossero riusciti a crearmi una vescica. Quando mi avevano aperto, probabilmente avevano visto che il cancro si era diffuso. Dappertutto. Dannazione, Luca, tutta la fortuna che avevi è andata in fumo. Ero spacciato. Non aveva senso lottare contro il torpore, così mi lasciai andare.

A svegliarmi fu un raschiare di gola. Il dottor Murray era venuto a trovarmi, ma sembrava da solo. Cercai di vedere se ci fosse qualcuno dietro di lui. Nessuno. Del dottor Lino, nessuna traccia. Le mie peggiori paure stavano per essere confermate.

«Come si sente, signor Luca?»

«Come se mi avessero investito.»

«Ha passato un brutto momento, ma sono certo che tornerà alla normalità in fretta.»

«Se per Lei è normale vivere con una sacca di piscio appesa al corpo.»

Murray restò immobile per un secondo prima di balbettare: «Io, io…»

«Non si preoccupi, dottore, lo so che non avete potuto crearmi una vescica.»

«No, no, l'abbiamo fatto.»

«Cosa? Dov'è il dottor Lino?»

«È stato chiamato per un intervento d'urgenza.»

«Quindi, lui... Lei... è riuscito a crearmi una nuova vescica?»

Murray sorrise. «Sì, è stato difficile, ma l'operazione è riuscita.»

«Io, quando non ho visto il dottor Lino, ho pensato…»

«Oh, ora capisco.»

Cominciò a ridere e io mi unii a lui, ma la pancia prese a lamentarsi. Murray mi fece un resoconto di quello che avevano fatto. Sosteneva di essere sicuro di aver rimosso tutto il cancro e disse che non si era esteso ai linfonodi, né da nessun'altra parte. Se avessi potuto alzarmi, gli avrei stampato un bacione. Se ne andò dicendo che sarebbe tornato con Lino non appena mi avessero spostato dalla sala di risveglio.

————

LA MATTINA SEGUENTE, mi fecero alzare e camminare per i corridoi, anche se ero collegato a un assortimento di sacche e flebo. Era un'impresa lenta e dolorosa. Cominciai a sentirmi un po' meglio dopo colazione e la svolta arrivò nel tardo pomeriggio, quando mi tolsero il sondino nasogastrico.

Vargas si presentò subito dopo cena con un biglietto e un'orchidea bianca.

«Come ti senti, Frankie?»

«Meglio di quanto mi aspettassi. Questo è sicuro.»

«È meraviglioso. Ero preoccupata per te, socio.» Si mise a sedere su una sedia di plastica blu.

«Te l'avevo detto che sarebbe andato tutto bene.»

«Lo so, ma l'altro giorno mi hai spaventato. Non eri in te.»

«Di che stai parlando?»

«Andiamo, Luca, non siamo colleghi da una vita, ma ci conosciamo. No?»

«Sì, immagino tu abbia ragione. Ero nervoso.»

«È perfettamente normale. Allora, che dicono i dottori?»

«Sono abbastanza sicuri di averlo tolto tutto.» Non c'era bisogno che sapesse della mia nuova vescica.

«Grazie a Dio, grazie a Dio. Vedi che pregare funziona?»

«Finirai per farmi diventare un credente, Vargas.»

«Sei il mio progetto personale, Frank. Se riesco a farti redimere, per me le porte del paradiso saranno spalancate.»

«Molto divertente. Ehi, che è successo con Tommy Pollici?»

«Questa è una visita di cortesia, Frank.»

«Oh, andiamo. Sono qui da una settimana e sto già dando di matto.»

«Diciamo solo che è stato interessante.»

«Non prendermi in giro, Vargas. Che sta succedendo?»

«Come ho detto, è una visita di cortesia, e tu devi riposare. Ne parleremo, forse domani.»

Prima che potessi protestare, Vargas si diresse verso la porta. La aprì e si voltò.

«Oh, quasi dimenticavo di dirtelo.» Sorrideva da un orecchio all'altro.

«Cosa? Sputa il rospo.»

«Ha chiamato per te una ragazza carina, be', sembrava giovane.»

Poteva essere Kayla? «Chi era?»

«Ha detto di chiamarsi Kayla. Era preoccupata per te. Ha detto che era con te quando hai fatto il capitombolo.»

Kayla. Dovevo ammettere di aver pensato a lei un paio di volte, ma con tutte le questioni mediche che si muovevano alla velocità di un asteroide e la natura del mio problema, non mi era sembrato il momento giusto per fare due chiacchiere. Ora, sembrava che fossi fuori pericolo e volevo, quasi ne sentivo il bisogno, di parlare con lei.

Vargas se ne andò e un minuto dopo entrò un'infermiera.

«Come sta, Frank?»

«Abbastanza bene. Sa mica dov'è il mio telefono?»

«Uhm, no. Chiedo al desk non appena abbiamo finito qui.»

«Cosa deve fare? Mi preleverà di nuovo il sangue?»

Scosse la testa. «Deve svuotare la vescica.»

«Non mi scappa.»

«Lo so. È perché non ha più il sistema nervoso che le segnala quando è il momento.»

«Oh, già. Me n'ero dimenticato.»

L'infermiera mi aiutò ad alzarmi e spostò la flebo con me fino al bagno. Le voltai le spalle davanti al water e lei disse: «Deve sedersi, Frank.»

Scossi la testa.

Lei indietreggiò e disse: «Provi a spingere.»

Non sentivo lo stimolo. Non usciva niente, anche se stavo spingendo.

«Non ci riesco. Non esce niente.»

«Sollevare le ginocchia aiuta. Provi a mettersi in punta di piedi. E si strofini o quasi si solletichi l'addome. Ma faccia attenzione alla ferita.»

Feci come diceva e, dopo circa cinque minuti passati a contare le piastrelle gialle sul muro, un rivolo di pipì finalmente uscì gocciolando. Fantastico, stavo pisciando in codice Morse.

«Bene, Frank. Ora, quando ha finito, provi a sentire se nota la differenza nell'addome. So che è tutto indolenzito lì sotto, ma molti pazienti imparano a percepire una leggera pressione quando devono proprio andare. Sarà qualcosa su cui dovrà concentrarsi.»

«Ok, ci proverò.»

Voleva che camminassi per i corridoi prima di tornare a letto. Non avevo scelta; la mia telefonata avrebbe dovuto attendere.

Tornammo in stanza dopo aver fatto due volte il giro del piano. Era faticoso. L'infermiera tirò fuori il mio telefono dall'armadietto della stanza e, ovviamente, era da caricare. Non avevo un caricabatterie. L'infermiera disse che me ne avrebbe procurato uno e se ne andò.

Tornò con un cavo che le pendeva dalla mano e un sorriso raggiante sul volto.

«Ecco a lei.»

Presi il caricabatterie e lo gettai sul comodino.

«Che succede? Pensavo volesse fare una telefonata.»

«Ho cambiato idea.» La verità era che mi ero reso conto di

non avere il numero di Kayla. Cercai di ricordare il suo cognome, ma ero così esausto che mi addormentai di colpo.

18

STEWART

«*Non aspettare. Il momento giusto non arriverà mai.*» - Napoleon Hill

Che cosa vuole? Phil non tornerà, quindi è ora di voltare pagina. Non riuscivo a capire perché Robin si aggrappasse alla sua vecchia vita. Quella era storia passata. Ma come, raccontava cazzate quando diceva sempre che bisogna andare avanti?

Ero agitato. Che stessi forzando un po' troppo le cose? Erano stati sposati per dieci anni. Immagino sia tanto tempo. Ma Philly non era mica un marito devoto. Forse stava solo recitando una parte per tutti, comportandosi come fa la maggior parte della gente. Facendo quello che ci si aspetta da te. Tutte quelle stronzate sul lutto, mentre le settimane e i mesi volano. Idioti, ecco cosa sono. Chi vuole sprecare anni della propria vita rintanato a fare la vittima?

Gli strizzacervelli dicono tutti che bisogna dare tempo al tempo. Il tempo guarisce ogni ferita, bla, bla, bla. E intanto, mentre il tempo passa, la vita ti scivola via. È una vera idiozia. Se alla fine tanto ti riprendi, perché non forzare la ripresa e anticiparla?

Forza mentale. Lasciare fuori le emozioni. Ecco cosa ci vuole. Sapere qual è il piano e mandare a cagare tutto il resto.

Vorrei essermene reso conto anni fa. Ma guardarsi indietro non serve a nessuno. Robin deve rimanere concentrata sull'oggi e forse sul domani. Non può sprecare altro tempo. O il mio.

Dovevo trovare un modo per svegliarla. In cerca di rinforzi, mi alzai per prendere il nuovo libro di citazioni d'ispirazione che avevo comprato, poi mi ricordai che stava per arrivare il compleanno di Robin.

Avrei dovuto farle qualcosa di carino. Qualcosa di diverso. Andare in un posto nuovo, senza ricordi di Phil. Forse il nuovo locale sul lungomare a Marco. Non ricordo se ci sia stata. Il cibo è appena passabile, ma l'ambiente è davvero dolce. Un paio di cocktail al tramonto e saresti rilassata come un liquido. Devo chiederle se c'è stata senza farle capire nulla.

Mi sedetti nella lanai con il libro e lo aprii a una pagina a caso. Incredibile, una delle mie citazioni preferite:

«Tutti gli uomini sognano: ma non allo stesso modo. Coloro che sognano di notte nei recessi polverosi della loro mente, si svegliano di giorno per scoprire che era vanità: ma i sognatori del giorno sono uomini pericolosi, poiché possono agire sul loro sogno a occhi aperti, per renderlo possibile.»

Questo tizio, T. E. Lawrence, era un genio.

———

MA CHE CAZZO? Non potevo credere alle mie orecchie che una detective fosse venuta in ufficio a chiedere di me. Doveva essere la partner di Luca, la detective Vargas. E ora mi tocca pure sorbirmi le stronzate di Greely a riguardo? Forse dovrei semplicemente licenziarmi, mandarli a fanculo.

Nessuno a parte Tony ha detto niente, ma dal modo in cui tutti mi guardavano capivo che sapevano della visita della polizia. Avrei voluto spaccare la faccia a quella stronza della receptionist quando mi ha detto che il signor Greely voleva vedermi. La sua voce grondava disprezzo, come se fossi un delinquente da strada. Non le sono mai piaciuto, a quella vecchia befana.

Ma chi si credono di essere questi sbirri? Non avrebbero dovuto avvisarmi del loro arrivo? Non gliene frega un cazzo se rovinano il lavoro di qualcuno? Del lavoro non me ne fregava un fico secco, ma quando me ne andrò, lo farò alle mie condizioni.

Cosa poteva dire Greely alla polizia? Non aveva niente da raccontare. Cosa? Che ogni tanto faccio tardi. Che faccio un paio di errori qua e là. I poliziotti stanno sprecando il loro tempo, e sai cosa? Per quanto mi riguarda, è una buona cosa. Lascia che si rincorrano la coda controllando il mio lavoro. Lì non troveranno niente.

19

LUCA

Scoppiò un acquazzone di agosto e io corsi, anzi, fluttuai, verso la centrale. Ero felice di essere lì tanto quanto lo ero stato il mio primo giorno come agente di polizia di Middletown, nel New Jersey.

Entrai di slancio dalla porta e non potei credere ai miei occhi; erano tutti in piedi ad applaudire. Quelle persone, e quasi tutti quelli che avevo incontrato laggiù, nel sud-ovest della Florida, erano sempre di una gentilezza fuori dal comune. Ma ricevere un'ovazione per essere stato in ospedale?

Strinsi qualche mano e ringraziai tutti mentre mi facevo strada verso il mio piccolo feudo. Era una situazione che mi metteva a disagio, ma ero felice di essere tornato nel mio ufficio dopo quasi tre mesi di assenza.

Vargas era dietro la sua scrivania, bella come non mai. Aveva un sorriso grande quanto il Golfo del Messico.

«È bello riaverti qui, Frankie.»

«Ma non abbastanza da meritare una standing ovation come tutti gli altri?»

Mi lanciò una palla di carta.

«Fanno così ogni volta che qualcuno si ammala da queste parti?»

«Non ti sei semplicemente ammalato, cretino, avevi il cancro e l'hai sconfitto.»

Odiavo ancora sentire la parola che inizia con la C. «Questo è da vedere.»

«Non fare il pessimista con me, Luca. Il mio oroscopo dice che sarà una giornata sorprendentemente allegra.»

Feci un gesto di sufficienza con la mano e chiesi: «Che ne dici di aggiornarmi sui nostri casi?»

Vargas mi ragguagliò su quattro casi di droga, due rapine a mano armata e un'aggressione, prima di arrivare al caso Gabelli. Era praticamente l'unico caso a cui avevo pensato durante la convalescenza.

Chiesi: «Cosa hai scoperto sull'allibratore, Tommy Thumbs?»

Afferrò un fascicolo e lo aprì.

«Era abbottonatissimo, ma non c'è dubbio che Gabelli fosse indebitato fino al collo con lui.»

«Fino al collo quanto?»

Fece una smorfia. «Non ha voluto dire la cifra esatta, ma ha detto che era parecchio e che era preoccupato, ma non angosciato, per il debito.»

«Preoccupato ma non angosciato? Gabelli si metteva nei guai regolarmente?»

Vargas annuì. «Tommy ha detto che c'erano state un paio di volte in cui Gabelli aveva avuto una serie sfortunata.»

«Abbiamo delle tempistiche?»

«Ha detto che non teneva registri, ma che era successo negli ultimi due anni circa. Ha detto che era dispiaciuto di aver perso un cliente così buono.»

«Che impressione ti ha fatto?»

«È un tipo inquietante. Non mi è piaciuto il fatto che sapesse che Gabelli era scomparso. Quando l'ho messo alle strette, ha detto che Gabelli gli doveva dei soldi ed era andato a riscuotere.»

«Ha senso. Non si può riscuotere da un uomo morto.»

«Perché ti interessa così tanto quello che aveva da dire Tommy Thumbs?»

«Mi dà un quadro più chiaro della situazione. Se Gabelli doveva un sacco di soldi a Thumbs, è probabile che fosse indebitato fino al collo anche con un altro paio di allibratori. In più, questi tizi usano le maniere forti per riscuotere, e a volte le cose sfuggono di mano e qualcuno finisce ammazzato.»

«Potrebbe dimostrare che Gabelli era disperato se doveva soldi a un paio di...»

«Bingo, Vargas, stai imparando.»

«E gli uomini disperati fanno cose disperate.»

Mi aveva rigirato contro una delle mie frasi preferite. Pensai che non suonasse affatto male.

«E adesso? Come vuoi procedere?»

Dissi: «Perché non vai a trovare Stewart? Chiedigli di nuovo perché non ha mai detto niente sul fatto che il suo amico Phil giocasse d'azzardo. Potrebbe nascondere qualcosa. Io andrò a trovare la signora e farò un salto all'ufficio di Gabelli.»

———

La casa dei Gabelli aveva un nuovo aspetto "coastal contemporary". Era di un bianco sporco con persiane scure stile Bahama e aveva portoni del garage dall'aspetto moderno con finestre opache. Tutto aveva linee rette e una semplice eleganza. Quando avevo iniziato a vedere questo nuovo stile mi era sembrato troppo moderno, ma mi ero ricreduto in fretta, e questa casa era davvero bella. Mi piaceva il modo in cui le pavimentazioni esterne erano posate a spina di pesce. Valutai che la casa valesse un minimo di due milioni e mezzo o tre milioni mentre suonavo il campanello.

Non sapevo bene cosa aspettarmi, ma il sorriso smagliante e la calorosa stretta di mano di Robin mi spiazzarono.

«Come si sente? Ho saputo che è stato operato.»

«Sono come nuovo.»

«Sono felice di sentirlo. Ero preoccupata per lei.»

Per me? Si era preoccupata per me. «Come le dicevo, avrei un paio di domande da farle.»

«Certo, entri.»

Indossava un abito di seta rossa. Se l'era messo apposta per la mia visita? Il vestito le fasciava il corpo, delineando una figura degna di una qualsiasi rivista maschile. Non c'era neanche una linea retta, pensai, mentre Robin mi faceva accomodare in un salone a doppia altezza.

«Posso offrirle qualcosa da bere, detective?»

Presi posto su una poltrona azzurra. «Sono a posto, ma grazie comunque».

Si lisciò il vestito all'altezza del sedere e si sedette su una poltrona club girevole con bordini neri.

Robin sorrise: «Sono così contenta che stia meglio, Frank».

Era passata da detective a Frank in un nanosecondo.

«Grazie». Mi mossi a disagio sulla sedia. «Mi risulta che lei e il signor Stewart abbiate avuto una relazione. Cosa può dirmi al riguardo?»

Incrociò le braccia. «Non c'è molto da dire. È stato qualcosa di cui mi pento, ed è finito in un batter d'occhio».

«La relazione non è durata a lungo?»

«No, affatto, e non la definirei una relazione; è stata una cosa di una volta e basta».

«Suo marito ne era al corrente?»

«Ma è pazzo? Phil ne morirebbe se lo sapesse».

«Quando questo, diciamo così, interludio è terminato, le cose sono tornate alla normalità?»

Lei sorrise. «Nessun fallo, nessuna punizione».

Non c'era un arbitro in vista. «È un modo insolito di metterla».

«Senta, sono stata una stupida. Non avrei dovuto farlo, ma ero arrabbiata con lui e le cose sono sfuggite di mano, sa cosa intendo?» Accavallò una gamba, rivelando una coscia per cui Frank Perdue avrebbe ucciso.

Avendo avuto la mia parte di incontri, sapevo certamente come le cose potessero degenerare, ma dissi: «Si riferisce alle scappatelle che ha avuto suo marito?»

«Non era per quello, o forse in parte sì, immagino. Ma Phil viaggiava come un matto. Non era mai a casa, e Dom, beh, Dom c'era, e passavamo un sacco di tempo insieme. Ero sola».

Girò sulla sedia verso sinistra, mostrando un po' di più di quel servizio di porcellana prima di tornare indietro. Il broncio sul suo viso e il suo comportamento erano quanto di più lontano ci potesse essere dal suo solito carattere di tipo A. Mi passò per la testa che potesse starmi prendendo in giro.

«La decisione di chiudere è stata reciproca?»

Si accigliò, mostrando la prima ruga che le avessi mai vista.

«Non proprio».

«Immagino che il signor Stewart volesse continuare?»

Annuì. «Senza dubbio. Continuava a tormentarmi perché gli dessi un'altra possibilità».

«Tormentarla?»

Lei sciolse l'intreccio delle gambe e si sporse in avanti. «Senta, ho messo perfettamente in chiaro che era stata una cosa di una volta. Le ho detto che era finita e basta, e così è stato».

Ero contento che la sua personalità di tipo A fosse riemersa. Per quanto mi sforzassi, non mi fidavo molto della mia capacità di resisterle, se se ne fosse presentata l'occasione.

«E il signor Stewart si è tirato indietro?»

«Per la maggior parte».

«Vuole essere più precisa?»

«È solo che c'è sempre qualcosa lì, sa cosa intendo?»

Cavolo, se lo sapevo. Evitai la domanda. Dissi: «Lo dice come se avesse una certa esperienza, ehm, nel campo?»

Aveva appena sbattuto le palpebre? Riaccavallò le gambe e disse: «Non sono un angelo, ma amo mio marito e non vado in giro a divertirmi».

Sì, come no. La cosa era interessante e divertente. Ero contento di essere tornato in sella. Esplorai l'argomento dell'infedeltà ancora per un po', ma non mi sembrava che nessuna delle sue altre trasgressioni avesse molto a che fare con il caso, così chiusi la questione e mi diressi a tutta velocità verso un McDonald's per usare il bagno. Non avrei mai usato il suo.

––––––––

MALEDIZIONE. C'era qualcuno nel cesso. Erano passate ben quattro ore dall'ultima volta che avevo fatto pipì. Sentivo la pressione all'addome e questa era una cosa da evitare. I medici mi avevano detto di non scherzare con l'allungare i tempi tra una minzione e l'altra, perché avrebbe potuto rompere le incisioni interne.

Dopo aver saltellato per un minuto o due, bussai forte alla porta.

«Sbrigati, lì dentro».

«Lasciami in pace, imbecille».

«Amico, mi scappa da morire».

«Cazzi tuoi».

Avrei voluto sfondare la porta a calci e spaccare la bocca a quel tipo, ma temevo di farmela addosso nel processo, così uscii. Guardai da entrambe le parti, mi infilai nel bagno delle donne e mi sedetti su uno dei loro troni. Fu la volta in cui riuscii a urinare più in fretta e la sensazione fu piacevole.

Il pensiero del sesso mi buttò giù. Le cose non funzionavano a dovere, là sotto. I medici dicevano che ci sarebbe voluto tempo, ma sembrava che qualcosa si fosse scollegato tra la mia mente e il piccolo Luca.

La porta si aprì e ritirai i piedi. Doveva essere una ragazza giovane, a giudicare dalle sue scarpe da ginnastica. Entrò nel cubicolo accanto e se la prese comoda. Mi chiesi se il respiro di un uomo fosse distinguibile da quello di una donna. Dopo che ebbe fatto i suoi bisogni, vidi i suoi piedi vicino al lavandino. Si lavò, grazie al cielo, ma non si mosse. Che diavolo stava facendo, si ammirava allo specchio?

Finalmente, i suoi piedi si allontanarono dal lavandino e la porta si aprì. Mi rimisi in piedi di scatto, tirai su la cerniera e aprii uno spiraglio della porta del cubicolo. Afferrai la porta del bagno e la spalancai, sorprendendo una signora anziana che stava per entrare.

Dissi: «Mi scusi, pensavo fosse il bagno degli uomini».

Mi guardò con sospetto, così dovetti infilarmi nel bagno degli uomini per un po' e far finta di tirare lo sciacquone, prima di dirigermi verso il parcheggio.

20

STEWART

«*ASPETTATI IL MEGLIO. PREPARATI AL PEGGIO. SFRUTTA CIÒ CHE arriva.*» - *Zig Ziglar*

ERA ROBIN. «Hanno trovato la macchina di Phil.»

Dannazione. San Valentino era alle porte e questo avrebbe messo i bastoni tra le ruote ai miei piani.

«La macchina di Phil? Dove?»

«A Lehigh Acres. L'hanno smantellata da qualche parte vicino a Jaguar Boulevard.»

«Oh. Hanno detto se hanno qualche pista su Phil?»

«No, hanno detto che era in un posto dove le gang locali portano le macchine che rubano.»

«Hanno trovato qualcosa, tipo impronte digitali?»

«Non l'hanno detto, ma questa è la prima buona notizia da quando Phil è scomparso.»

«Non è una buona notizia, Robin.»

«Di che stai parlando, Dominick?»

Odiavo quando mi chiamava Dominick. Era così impersonale, come un sorvegliante a scuola o qualcosa del genere.

«Potrebbe significare che Phil non tornerà.»

Rimase senza fiato. «Oh no. Pensi davvero?»

«Beh, non voglio fare supposizioni, ma se ha abbandonato la macchina...»

«È stata rubata e smantellata, è quello che ha detto la polizia.»

«Ti capisco, ma è possibile che l'abbia lasciata da qualche parte, magari in un aeroporto o in un posto simile. Se avesse avuto intenzione di tornare, sai che l'avrebbe tenuta al sicuro o qualcosa del genere. Non so, forse l'avrebbe anche venduta.»

«E in che diavolo di modo venderla sarebbe un segno della sua intenzione di tornare?»

«Oh, non lo so. Merda, non so più cosa pensare. Sai, mi manca tanto quanto manca a te.»

«Questo è un brutto sogno, un incubo.»

«Lo so, è pazzesco. Ehi, ti va di mangiare un boccone più tardi?»

«Cosa? Come puoi pensare di mangiare in un momento come questo?»

Avrei dovuto aspettare o richiamarla.

«Non lo so, non volevo che rimanessi sola dopo aver saputo della macchina e tutto il resto.»

«Scusami, so che stai cercando di aiutare.»

Amico! Era stata una dannatamente buona mossa per recuperare. Forse San Valentino si poteva ancora salvare.

———

Verso le cinque il mio cellulare vibrò. Era lei! Probabilmente voleva uscire a mangiare!

«Come va, Robin?»

«I poliziotti devono pensare che Phil sia morto.» La sua voce si incrinò.

Immagino che avrei mangiato da solo stasera e che potevo scordarmi San Valentino.

«Di cosa stai parlando?»

«Il detective Luca è venuto qui con una squadra della scientifica.»

«Cosa? Perché?»

«Per raccogliere il DNA di Phil.»

«Oh, certo. Probabilmente è routine. Mi sorprende che non l'abbiano chiesto prima.»

«Pensi?»

«Certo. In *CSI* lo fanno sempre. Cosa hanno preso, una spazzola per capelli, uno spazzolino da denti?»

«Sì, hanno preso il suo spazzolino. Hanno controllato il suo armadio e setacciato il tappeto dalla sua parte del letto. Hanno preso persino le sue infradito.»

«Ha senso. Dicono che il DNA sia dappertutto.»

«Cosa pensi che signifachi?»

Non ne avevo idea, ma non potevo escludere che potessero avere qualcosa in mano. «Niente panico, Rob. Penso davvero che sia routine.»

«Spero tu abbia ragione.»

«Senti, non prenderla nel modo sbagliato, ma sto morendo di fame. Vuoi venire a mangiare qualcosa con me?»

«No. Non mi va di mangiare.»

21

LUCA

QUANDO TORNAI ALLA MIA SCRIVANIA, IL RAPPORTO CHE STAVO aspettando si trovava nella mia casella di posta in arrivo. Avevo fatto incrociare il DNA trovato sull'auto di Gabelli con il database dei criminali noti della Florida, sperando in una svolta nel caso.

Stracciai la busta marrone per aprirla. Bingo, c'erano due corrispondenze. Mi chiesi come facessero a catturare qualcuno ai vecchi tempi. Il problema era che, anche con gli strumenti a nostra disposizione, i criminali erano sempre un passo avanti a noi.

Lessi il primo fascicolo.

Il ventiseienne Diego Bosque si era fatto due periodi dietro le sbarre, entrambi per furto d'auto aggravato. Era stato beccato per diversi furti di lieve entità, ma niente che suggerisse che Bosque fosse violento. Non era sorprendente collegarlo al furto dell'auto, ma non me ne fregava un cazzo della macchina, a meno che non portasse a scoprire cosa fosse successo a Gabelli. Dubitavo che Diego c'entrasse qualcosa con la scomparsa, ma avremmo dovuto controllarlo.

Bosque dalle mani leste viveva a Fort Myers e avrebbe rice-vuto una nostra visita. Cliccando sull'icona di stampa, andai avanti.

Sembrò strano, ma quando apparve la scheda di Jamil Johnson, provai un'ondata di ottimismo. Jamil aveva tren-tadue anni e una fedina penale più lunga del *Vecchio e il mare*. Coperto di tatuaggi da galera, Jamil era un brutto figlio di puttana incline alla violenza. Quel delinquente faceva parte di una gang di spacciatori di Orlando ed era entrato e uscito di prigione per tutta la sua vita da adulto. Viste tutte le aggres-sioni, molte con arma letale, sembrava essere un esecutore della gang.

La pista della gang di Orlando era però confusa. Non avevamo mai avuto uno scontro o nemmeno una segnala-zione di attività di gang al di fuori di Miami. Non aveva senso, ma questo tizio, Gabelli, era complicato. Chissà in che genere di casini si era cacciato?

Controllando le date, confermai che Jamil era a piede libero quando Gabelli era scomparso. Anche se la linea contorta del crimine si era raddrizzata di un pelo, questo cretino si trovava a ben quattro ore di distanza.

Non avevo nessuna voglia di starmene seduto in macchina, sperando che la vescica non mi scoppiasse, per poi fare un altro buco nell'acqua. Inoltre, Vinny Colavito, un vecchio amico dell'accademia, era nelle forze di polizia di Orlando da dieci anni.

Anche se non avevamo mai mantenuto la promessa di vederci dopo il mio trasferimento in paradiso, io e Colavito tornammo subito ai tempi del dormitorio. Colavito non lavo-rava nell'unità anti-gang, ma avrebbe fatto interrogare Jamil Johnson e, se fosse venuto fuori qualcosa, lo avrebbe trattenuto.

––––––

ANDARE al Baleen per un addio al celibato mi aveva davvero turbato. Fui sorpreso da quanto mi avesse scosso. Doveva essere stato evidente, visto che un paio di colleghi della centrale mi avevano chiesto se stessi bene. Mi ero bloccato prima di entrare in bagno. Era lì che tutto era iniziato.

Una notte piena, anzi, stracolma di promesse era stata stravolta in meno tempo di quanto ne impiega un fazzoletto a bruciare. Il fatto era che non avevo bisogno mi venisse ricordato quanto fosse fragile la vita. Avevo imparato anni prima a godermela finché potevo. Ma la realtà era che non mi sarei mai aspettato che la mia avventura sarebbe finita così presto.

Mi era chiaro che, prima o poi, in questa vita, per tutti arriva il momento della sofferenza. Pensavo di essere in pace con la mia morte, ma non ero più preparato di chiunque altro vivesse nella negazione. Era imbarazzante; ero stato un aperto sostenitore della pianificazione del proprio funerale, persino della scelta della bara, come promemoria del fatto che saremmo morti. A quanto pare, come per la maggior parte dei consigli, non volevamo passare dalle parole ai fatti. Coperto di ridicolo? Avevo addosso un paio di cartoni d'uova che colavano.

A deprimermi ancora di più era il ricordo di Kayla. Nessuno doveva dirmi che eravamo solo all'inizio, ma non c'era dubbio che tra noi ci fosse stata sintonia. Sentivo che saremmo andati lontano insieme. Sembrava interessata quanto me. Mi aveva cercato quando ero collassato, quindi ci teneva. Avrei dovuto rintracciarla, ma con i miei meccanismi fuori uso, sembrava futile. Non so perché non l'avessi contattata. Il mio medico aveva detto che il mio problema fisico poteva portare alla depressione. Forse era per quello.

Stavo facendo delle iniezioni per aiutare a ridurre il tessuto cicatriziale. I medici dicevano che un accumulo di tessuto cicatriziale era responsabile dell'ottundimento delle terminazioni nervose che contribuiva all'incapacità di avere un'erezione. Speravo che avessero ragione e che non avessero tagliato qualcos'altro laggiù.

Aveva detto di essere certo al cento per cento che il Viagra avrebbe risolto il mio problema ma, poiché il dolore alla vescica e l'aumento della minzione erano possibili effetti collaterali, voleva prima provare con le iniezioni. Aveva senso, ma non era lui quello incapace di avere un'erezione.

Il mio ragionamento non era altro che stupido e immaturo. Se era quella giusta per me, mi avrebbe aiutato a superare questa fase e non avrebbe avuto problemi se avessi preso una pillola per tornare in forma.

Non mandare a puttane l'opportunità, Luca. Trova un modo per contattarla.

―――――

Riattaccai il telefono.

«Un altro vicolo cieco, Vargas».

«Chi era?»

«Quel mio vecchio amico di Orlando. Jamil Johnson e Diego si conoscono. Li hanno portati dentro entrambi e li hanno torchiati. Ma sembra che Jamil, per una volta, dicesse la verità. Jamil era andato a trovare suo cugino e Diego gli aveva dato un passaggio. Ha detto che avrebbe spaccato il culo a Diego per tutta la contea di Lee per non avergli detto che viaggiava su un'auto rubata. Certe cose non te le puoi inventare».

«Beh, almeno Gabelli non era invischiato in qualche traffico di droga».

«Farò arrestare Diego per questo».

«Ma avevamo promesso che non l'avremmo fatto se avesse parlato.»

«Non possiamo chiudere un occhio, questo tizio è troppo sfacciato. Dobbiamo fargli abbassare un po' la cresta.»

«Non lo so, potrebbe tornarci utile un giorno.»

«Con i suoi precedenti, avremo sempre un sacco di esche.»

22

LUCA

LA Simmons Construction occupava tre piani di una torre di uffici in vetro sulla 41, poco a sud di Park Shore. Per essere una grande compagnia di costruzioni internazionale, gli uffici erano tutt'altro che impressionanti, quasi squallidi. La sedia su cui ero seduto andava palesemente ritappezzata e il tavolino da caffè era rovinato. L'unica cosa che si salvava era la vista. Mi concentrai su uno spicchio di golfo che brillava in lontananza, finché una giovane e formosa signorina non mi chiese di seguirla.

La seguii con lo sguardo mentre mi scortava all'ufficio d'angolo di John Conner, il capo di Gabelli. L'ufficio era pieno di modellini di edifici e di disegni architettonici incorniciati. Sembrava un posto alla moda in cui lavorare, se non fosse stato troppo freddo per i miei gusti. Mancavano un paio di settimane alla primavera, eppure avevano l'aria condizionata a palla.

Conner era britannico, ma il suo accento si era notevolmente attenuato nei quindici anni trascorsi qui. Era un altro di quegli uomini che avevano optato per la rasatura per nascondere la calvizie. Portava occhiali dalla montatura spessa e una mosca. Aveva l'aria di un collezionista di vini. Niente di che, ma sarebbe stato utile conoscerlo, se la mia intuizione era giusta.

«Da quanto tempo lavorava qui il signor Gabelli?»

«Phil ha iniziato un paio d'anni dopo il mio arrivo, quindi direi circa una dozzina. Chiederò alle Risorse Umane di fornirle una data esatta.»

«Quali erano le sue responsabilità?»

«Era, ehm, è uno dei nostri responsabili di progetto.»

«Di cosa si stava occupando quando è scomparso?»

«Phil era sul progetto Sweet Bay.»

«Che tipo di progetto è?»

«Un complesso a uso misto, con spazi commerciali, uffici e una parte residenziale. È il grosso del nostro lavoro qui alla Simmons.»

«Dove si trova questo Sweet Bay?»

«Giù a Santiago, in Cile.»

«Mi risulta che il signor Gabelli viaggiasse parecchio.»

«Viaggiasse? No, Phil non visitava i cantieri. Quelle sono le responsabilità del sovrintendente.»

«Il signor Gabelli non ha mai viaggiato per motivi di lavoro?»

«Non mi piace dire mai, ma sono passati probabilmente dieci anni da quando abbiamo separato le cose, quindi se ha viaggiato, è stato molto tempo fa.»

«Interessante. Sua moglie ha detto che viaggiava molto.»

«Non so da dove le sia venuta quest'idea. Forse Phil le stava nascondendo qualcosa.»

«È quello che sto cercando di capire.»

«Spero che ci riesca.»

Annuii e dissi: «A proposito, le piace il vino?»

I suoi occhi brillarono. «Moltissimo. E a lei?»

———

ERO fermo al semaforo tra Vanderbilt e Airport quando mi resi conto che forse stavo perdendo tempo. Sembrava proprio che Gabelli se la fosse data a gambe. Aveva l'abitudine di sparire per qualche giorno, di solito per rintanarsi con donne diverse. Magari aveva trovato una nuova fiamma proprio mentre accumulava un debito di gioco e aveva deciso di scappare per sempre. La combinazione sembrava una motivazione più che valida.

Stavamo inseguendo questa pista da troppo tempo; forse era il momento di mettere in pausa il caso Gabelli. Soprattutto ora che potevamo essere utili altrove.

Il dipartimento stava reagendo con fermezza per scoraggiare le gang di Miami anche solo dal pensare di attraversare l'Alligator Alley. L'operazione aveva successo, ma prosciugava molti agenti dalle loro normali mansioni. Non era successo nulla di grave a causa del cambio di organico e i pezzi grossi volevano assicurarsi che le cose rimanessero così. Di conseguenza, ora ci chiedevano di non sprecare tempo su casi che fossero veramente a un punto morto. Il caso Gabelli sembrava rientrare nella categoria.

———

ASPETTAI che Vargas uscisse da una riunione per discuterne con lei. A meno che non fosse stata completamente contraria, avrei premuto il pulsante di pausa sul caso Gabelli. Stavo leggendo le mie e-mail quando Sally, l'addetta alla linea per le soffiate, fece capolino con la sua testa rossa.

«Ehi, Frank, è arrivata una chiamata sul caso Gabelli.»

«Stai scherzando?»

Lei scosse la testa. «Un tizio, che ha voluto rimanere anonimo, ha detto che la moglie sta per ricevere un risarcimento di un paio di milioni di dollari da una polizza sul marito.»

«E lui come faceva a saperlo?»

«Ha detto che lavorava presso l'assicurazione, la Lincoln Life Insurance.»

«Wow.»

«E ora viene il bello: ha detto che la polizza era in vigore da meno di due anni.»

«Chissà se c'è un modo per verificarlo.»

«Probabilmente ti servirà un'ordinanza del tribunale per convincere la Lincoln a scoprire le carte.»

«Fammi un favore, Sally, e di' a Vargas che tornerò tra un'ora o due.»

————

Mentre la salutavo, faticai a distogliere lo sguardo dalla profonda scollatura della camicetta di Robin. Caspita, mi piaceva come si vestivano nel settore pubblicitario.

Sfoderò un sorriso dai denti perfetti. Dovevano essere sbiancati. Robin sembrava ancora più fresca di come la ricordassi. Era forse un po' di Botox? Cercai di riconoscere il suo profumo mentre le passavo accanto; mi ricordava qualcosa che indossava la mia ex moglie.

Ci sedemmo l'uno di fronte all'altra in una sala riunioni gelida. Le pareti erano piene di stampe colorate di Leroy Neiman, nel tentativo di mascherare il fatto che la stanza fosse priva di finestre.

«Mi scusi per la stanza, ma questo posto è pieno di ficcanasi».

«Per me va bene».

«Per quale motivo voleva vedermi?» Inclinò la testa.

«La Lincoln Life?»

«Come?»

«Sono venuto a sapere che sta per incassare un paio di milioni da una polizza su suo marito».

«E allora?»

«Come mai non ne ha mai parlato?»

«Non me l'ha mai chiesto e, francamente, non sono affari suoi».

«Senta, quando ha presentato la denuncia di scomparsa ha reso ogni cosa che riguarda suo marito un affare mio».

«E questo cosa c'entra?»

«Un paio di milioni di dollari costituiscono un movente piuttosto forte».

«Sta dicendo che ho fatto fuori mio marito per avere i soldi dell'assicurazione?»

La sua scelta di usare 'fatto fuori' invece di 'ucciso' era interessante. Stava forse inconsciamente attenuando le sue azioni?

«Non sto dicendo nulla. Sto solo cercando di capire perché, a quasi dieci mesi dalla sua scomparsa, non sia mai venuto fuori».

«Semplicemente non è successo».

«Questa polizza era in vigore da molto tempo?»

Dopo una frazione di secondo di esitazione, disse: «Un paio d'anni».

Mi aspettavo che fosse vaga, ma non volevo insistere su quel punto.

«Lei ha un'assicurazione sulla vita?»

«Dice su di me?»

Dissi: «Sì».

«No».

«Sembra un po' strano avere una polizza su suo marito ma non su di lei, anche se mi risulta che guadagni più di lui».

«Esatto».

«Le dispiace spiegarmelo?»

«Avrei dovuto farmela anch'io, ma non ho mai fatto la visita medica e la richiesta è decaduta».

Non solo aveva senso, ma era una cosa che avevo fatto io stesso, nonostante le insistenze dell'agente assicurativo. Andai avanti.

«Cosa l'ha spinta a richiedere il pagamento ora, mentre è in corso un'indagine?»

Un lampo di rabbia le attraversò il viso. «In corso? Starà scherzando, spero».

Fui sorpreso da quello sfogo; sembrava genuino.

«Cosa l'ha spinta a fare richiesta?»

«Me ne ha parlato un'amica. Mi ha detto che dopo un anno una compagnia di assicurazioni doveva pagare e che potevo presentare la richiesta novanta giorni prima della scadenza dell'anno. Perché non dovrei ricevere i proventi non appena ne ho diritto? Non si sono fatti problemi a incassare i miei premi».

«Quest'amica è per caso Dom Stewart?»

Socchiuse gli occhi. «No».

«Ha qualche piano per i soldi?»

«Lei sembra molto preoccupato dei soldi, detective».

Evitò l'esca, così dissi: «Nel mio mestiere si impara abbastanza in fretta che sono state uccise più persone per soldi che per lussuria».

Lei sorrise. «L'avidità è potente».

«Spero non le dispiacce se glielo chiedo, ma a quanto ammontava esattamente l'assicurazione sul signor Gabelli? Due, tre milioni?»

«Tre».

«Wow. Tre milioni di dollari. Caspita, dalle mie parti sono un sacco di soldi».

Fece spallucce.

«È stata una bella commissione per il venditore».

«Immagino di sì».

«Come si chiama il venditore?»

«Perché lo vuole sapere?»

Percepii una traccia di panico nella sua voce, così dissi: «È routine. Niente di specifico. Non mi serve».

«Non è un problema. Posso provare a cercarlo per lei».

Cercare informazioni? Per una cosa del genere ci si rivolgerebbe direttamente all'agente di vendita. Perché tentare di districarsi da soli in una colossale compagnia di assicurazioni?

«Okay, grazie. Immagino sia lo stesso con cui ha presentato la domanda».

«Ehm, io... sa una cosa? Mi sono rivolta a un agente diverso da Phil».

«Davvero? E come mai?»

«L'amico di un amico aveva un figlio che era agli inizi e volevo dargli un po' di lavoro. Sa come vanno queste cose».

L'amico di un amico? «È stato gentile da parte Sua.»

«Cerco di aiutare quando posso.»

«L'unico problema è che poi non se n'è fatto nulla, quindi il ragazzo non ci ha guadagnato un centesimo.»

Non riuscì a nascondere il lampo di rabbia che le attraversò il viso. «Beh, ci ho provato. È più di quanto faccia la maggior parte della gente.»

Mi alzai. «Grazie per il Suo tempo, Signora Gabelli. Appena può, vorrei i nomi di entrambi gli agenti assicurativi.»

Non sapevo che pensare di questa altalena. Si trattava di tre milioni di dollari e lei non ne aveva mai fatto parola? Le sue risposte sull'assicurazione non mi piacevano; nascondeva qualcosa. Eppure, sembrava sinceramente incazzata per il fatto che non fossimo riusciti a scoprire cos'era successo a suo marito. Era intelligente, e senza dubbio poteva essere una stronza, ma un'assassina?

23

LUCA

Stavo percorrendo la Golden Gate Parkway, diretto all'ennesima visita medica, quando la radio gracchiò:

«Richiesta di agenti in zona Golden Gate per un possibile codice settantuno in corso al 16715 di Tropical Way».

L'indirizzo mi era vagamente familiare. «Qui detective Luca. Dieci-cinquantuno. ETA cinque minuti. Cosa potete dirmi?»

«Tutto quello che sappiamo è che un bambino ha chiamato dicendo che stavano picchiando sua madre. Sembra una cosa seria ma, come al solito, all'erta per un'imboscata».

Quando rimisi a posto la cornetta, una sgradevole sensazione mi esplose nello stomaco, e non c'entrava niente con la vescica. Cercai di reprimere la paura crescente mentre svoltavo su Santa Barbara Blvd. La zona mi era fin troppo familiare e, mentre accostavo, pregai che andasse tutto per il meglio, pur sapendo che non era una trappola.

La porta d'ingresso era socchiusa, e mi feci forza mentre percorrevo a passo svelto il vialetto, con la mano pronta a estrarre la pistola. Confortato dal suono del pianto di una donna, che sapevo essere rossa di capelli, entrai in casa, annunciando la mia presenza come agente di polizia. Nessun desiderio che si trattasse di un déjà-vu avrebbe potuto cambiare i fatti. Ero già stato lì.

Da qualche parte c'era una TV accesa, ma il soggiorno era vuoto. Scavalcando due sedie rovesciate, mi diressi verso la fonte del pianto.

Erano in camera da letto. Due bambini piccoli piagnucolavano in un angolo vicino alla madre, gravemente picchiata e distesa sul pavimento. Feci un cenno ai bambini e mi inginocchiai accanto alla donna. Del sangue le colava da un brutto taglio sulla guancia e aveva un livido sulla fronte.

«Signora, sono un agente di polizia, sono qui per aiutarla».

Lei annuì mentre le controllavo il polso.

«Bene. Andrà tutto bene. Chiamo un'ambulanza».

Comunicai la richiesta via radio e dissi ai bambini che sarei tornato subito. Chiusa la porta alle mie spalle, estrassi la pistola e percorsi il corridoio. Addormentato profondamente, su una poltrona reclinabile di velluto a coste marrone, c'era il picchiatore di mogli. Esaminai la stanza in cerca di eventuali dispositivi di registrazione, ma non sembrava ce ne fossero.

Avvicinandomi a lui in silenzio, a malapena resistetti all'impulso di spaccargli quella sua faccia da vigliacco. Così, feci la cosa migliore subito dopo. Sbattei il calcio della pistola sulla rotula di quel bastardo insignificante. Si svegliò di soprassalto, urlando di dolore. Poi gli colpii l'altro ginocchio.

Alzai la pistola. «Stia zitto o le piazzo una pallottola in corpo».

«Io, io...»

«Le ho detto di stare zitto». Spensi la TV e gli dissi: «Se esce da questa stanza, si becca una mia pallottola. Ha capito?»

Il vigliacco annuì. Chiusi la porta e tornai in camera da

letto, mentre la squadra di paramedici si riversava in casa. Mentre cominciavano a occuparsi della donna, arrivarono due agenti in uniforme. La camera da letto era sovraffollata, così chiesi ai bambini di uscire in corridoio.

«Potete guardare da lì. Dobbiamo solo dare a queste persone un po' di spazio per aiutare la vostra mamma».

Poi mi accovacciai accanto a lei. «Signora, siamo tutti qui per aiutarla. Ho solo bisogno di sapere che è stato suo marito a farle questo».

Lei voltò la testa dall'altra parte.

«Guardi, sono stato qui un paio di mesi fa. Ricorda, quando ha rotto il vaso di sua madre?»

Lei si mise a piangere. «Mi ucciderà, me e i bambini, se dico qualcosa».

«No, non lo farà. Siamo qui per proteggere lei e i suoi figli. Ha dei familiari che possano occuparsi dei bambini mentre lei va in ospedale?»

Scosse la testa. «No, sono su nel New Hampshire e io non vado in nessun ospedale».

«Deve andarci, sta sanguinando e deve farsi controllare».

Un paramedico disse: «Vuole che chiami i servizi sociali?»

«Non voglio che i miei figli vengano affidati allo Stato! Posso prendermi cura io dei miei figli!»

Dissi: «Non si preoccupi, signora. Non lascerò che i suoi figli vadano da nessuna parte. C'è una vicina con cui si sentono a loro agio mentre ci assicuriamo che lei stia bene?»

«La signora Hannity adora i bambini, ma lavora fino alle cinque».

Controllai l'orologio; era quasi l'una. Avvicinandomi ai bambini, sorrisi il più ampiamente possibile e dissi: «Mi chiamo detective Luca. La mamma andrà dai dottori per assicurarsi che stia bene. Visto che la signora Hannity lavora, ho pensato che potremmo andare a pranzare insieme, okay?»

Il più grande disse: «Non possiamo stare con papà?»

«Temo di no. Vedete, avremo bisogno del suo aiuto con la vostra mamma per un po'. Ehi, ho una bella idea: che ne dite se dopo mangiato andiamo allo zoo?»

———

Fu dura mantenere una facciata allegra mentre ero con i bambini. Che casino, e io vi avevo contribuito. No, ero io il responsabile del disastro di oggi. Poveri ragazzi, molto probabilmente il loro padre sarebbe diventato persona non grata, e se lo meritava. Ma i bambini, cosa ne sanno? E poi, la famiglia è la famiglia, e la difendiamo tutti, non importa quanto possa sembrare folle a volte.

La merda mi stava sommergendo. Perché avevo lasciato andare quella bestia quando avrei potuto, no, avrei dovuto sbatterlo in galera?

Quando era arrivata la prima chiamata al 911, le cose avevano iniziato a peggiorare fisicamente e ora, la prova era evidente, anche mentalmente. Ero ancora idoneo a prestare servizio?

Ripensai a quel giorno. Come avevo fatto a lasciare che quel bruto se la cavasse? Ricordavo la fitta intermittente allo stomaco, ma non mi pareva che fosse quella la ragione. Non è che me l'ero svignato perché provavo molto dolore.

Cosa mi era sfuggito? Ripensandoci, non riuscivo davvero a vedere nulla. Il fatto è che, anche se avessi sbattuto dentro quel disgraziato, sarebbe uscito di nuovo in pochi giorni. E a meno che sua moglie non avesse ottenuto un'ordinanza restrittiva, sarebbe successo comunque. Non era il tipo da farsi valere e ottenere un'ordinanza del tribunale.

Aspetta, Luca, che stai facendo? Cerchi di assolverti?

Mi sentii un po' meglio pensando alle decine e decine di casi di questo tipo che avevo affrontato. Il fatto deprimente era che ci voleva un pestaggio violento come questo per spingere una donna a cercare protezione legale. Ancora più folle era il numero incalcolabile di donne che difendevano quella feccia che abusava di loro e rifiutavano i consigli che davamo. Cosa diavolo ci voleva per portarle in un posto sicuro?

Accidenti, avevo bisogno di una scossa per uscire da quello stato, un'occasione per pensare e rilassarmi. Vanderbilt Beach, arrivo.

24

LUCA

«Signor Eagleton, sono il detective Luca dell'ufficio dello sceriffo della contea di Collier. Vorrei farle qualche domanda su una polizza che ha stipulato per la Lincoln Life a nome di Phil Gabelli.»

«Oh, Robin ha detto che avrebbe chiamato.»

«La signora Gabelli le ha detto che avrei chiamato?»

«Sì, ha detto che non voleva che rimanessi sorpreso, che era una procedura di routine. Lo è, vero?»

«Non posso parlarne nel dettaglio, ma stiamo cercando di scoprire il più possibile sul signor Gabelli.»

«Certo. È un vero peccato per lui, comunque. Era un brav'uomo. E anche in salute.»

«Riguardo alla polizza che aveva, mi risulta che il capitale in caso di decesso fosse di tre milioni. È corretto?»

«Sì.»

«Come sono arrivati a quella cifra?»

«Se non ricordo male, all'inizio avevano parlato di un milione, ma Robin ne voleva di più. Puntava a cinque milioni, ma i premi erano costosi. Io ho suggerito loro di fare una polizza caso morte su due teste. Dato che erano così giovani, avrebbero potuto ottenere cinque o forse anche sei milioni di copertura per lo stesso premio.»

«Caso morte su due teste?»

«È una polizza in cui il pagamento avviene alla morte di entrambi gli assicurati. Quando una persona viene a mancare non viene pagato nulla, solo alla morte della seconda. Molte coppie sposate usano questo tipo di polizza.»

«L'ha suggerito lei a loro?»

«Sì. Lei voleva un capitale in caso di decesso più alto, ed era un modo per ottenere una copertura di maggior valore più o meno allo stesso costo del premio.»

«C'è un motivo per cui non hanno accettato il suo suggerimento?»

«Ho spiegato i vantaggi di quel tipo di polizza, ma la signora Gabelli ha detto che, non avendo figli, non aveva senso.»

«E ne aveva?»

«È vero che molte coppie la usano per trasmettere il capitale agli eredi. Ma l'ho suggerita perché non si trattava di un piano di successione patrimoniale.»

«Ha considerato insolito che la signora Gabelli non si sia assicurata?»

«Quando parlai con loro la prima volta, si trattava della tipica situazione di copertura per marito e moglie. Ma quando è arrivato il momento della richiesta, la signora Gabelli ha detto che non l'avrebbe presentata.»

«Non ha mai compilato una richiesta?»

«No, non con me, almeno.»

«Il signor Gabelli era un buon rischio? Mi sfugge il termine che usate, ma insomma, era in buona salute?»

«Sì, si è qualificato per il premio più basso, il che ha reso sorprendente il fatto che non abbiano preso la garanzia complementare in caso di decesso per infortunio.»

«Cosa sarebbe?»

«È abbastanza tipico, soprattutto per i richiedenti più giovani e sani, che prendano una garanzia complementare, ovvero una copertura aggiuntiva per una morte accidentale, per esempio un incidente stradale fatale. Il capitale in caso di decesso raddoppia quando la morte accidentale colpisce un assicurato. Nel loro caso, il pagamento sarebbe balzato da tre a sei milioni.»

«E i Gabelli ci hanno rinunciato?»

«Sì. È stato sorprendente perché non era costosa.»

———

Vargas indossava una camicetta celeste e i pantaloni a spina di pesce che mi piacevano. Ma qualcosa in lei sembrava diverso, migliore.

«Ti sei fatta una nuova pettinatura, Vargas?»

«Pettinatura? Si vede che hai una certa età, Frankie.»

Se solo avesse saputo che ero sul punto di chiedere una ricetta per le pilloline blu per risvegliare il piccolo Luca, che di questi tempi aveva la consistenza di un calzino vuoto.

«Accidenti, stavo solo cercando di farti un complimento.»

«Davvero? Sarebbe bello se lo dicessi e basta, allora.»

Mi sentii un cretino e cambiai argomento.

«Dopo aver parlato con il venditore della Lincoln Life, le cose si sono un po' complicate.»

«Cosa ha detto?»

«Prima di tutto, è stata Robin ad aumentare l'assicurazione da un milione a tre. Ma senti questa: in realtà ne voleva cinque.»

«E allora perché si è accontentata di tre?»

«Premi troppo alti.»

«È ridicolo. Se aveva intenzione di farlo fuori e incassare, che importanza poteva avere quanto fossero alti i premi?»

«Ottima osservazione, ma forse non aveva la liquidità. Però sono venute fuori altre due cose strane. Una è che hanno rinunciato al capitale in caso di decesso per infortunio. Questo è un campanello d'allarme, secondo me. Costa due lire e il capitale raddoppia. Perché diavolo ci avrebbero rinunciato?»

«Mmh, non so. Hai detto che c'era un'altra cosa.»

«Eagleton ha offerto loro un altro modo per aumentare il capitale mantenendo bassi i premi, con una cosa chiamata "caso morte su due teste". Funziona così: entrambe le persone devono morire prima che ci sia un pagamento.»

«Non so cosa implichi, Frank. Dovrei pensarci, ma non hanno figli, quindi a chi andrebbero i soldi quando fossero morti entrambi?»

«Ottima osservazione, ma la faccenda dell'infortunio è preoccupante. Tra la tempistica dell'assicurazione, l'importo e la rinuncia alla morte accidentale, le cose cominciano a quadrare. E puntano a lei.»

«È tutto piuttosto circostanziale. Ma perché non glielo chiediamo direttamente e vediamo cosa dice?»

«Farà meglio a non provare a fare muro contro di noi, come ha fatto con le scommesse di suo marito.»

25

STEWART

«*IL MONDO INTERO SI FA DA PARTE PER L'UOMO CHE SA DOVE STA andando.*» - *Sconosciuto*

ERA una bella sensazione che qualcosa avesse finalmente funzionato. Dopo aver chiamato la linea diretta, c'era voluto meno di un giorno perché Robin andasse nel panico e cercasse conforto in me. A volte sa essere così prevedibile. Sapevo che avrebbero indagato su di lei, ed era giusto così. Tre milioni di dollari sono tre milioni di dollari. Dal mio punto di vista, ci si può comprare un bel po' di felicità.

Fu strano, però, che avesse rinunciato alla clausola per morte accidentale. Disse che, dato che lui lavorava in un ufficio e non praticava sport pericolosi né andava in moto, non ne valeva la pena.

Poteva anche avere un senso, ma quando feci una ricerca su Google, le prime cinque cause non avevano nulla a che fare con il lavoro o lo sport. Non era sorprendente che gli incidenti d'auto fossero la causa di morte numero uno, ma chi avrebbe mai pensato che soffocamento, incendi, avvelenamento e cadute completassero la top five? Strano, se volete il mio parere.

I poliziotti avrebbero dovuto scavare più a fondo sulla faccenda dell'incidente, perché ai miei occhi il ragionamento di Robin non reggeva. Non solo poteva beneficiare della bella somma di tre milioni, ma era anche una manipolatrice. Ora Robin sarebbe stata messa sotto la lente d'ingrandimento. Per quanto mi riguardava, a questo punto meritava di essere messa alle strette.

Nel complesso, mi sentivo soddisfatto della mia tempistica. Il suo compleanno era alle porte e saremmo sicuramente usciti a festeggiare. Sarebbe stato bello arrivarci con una spinta in più. Forse era il momento di dire qualcos'altro a quel detective presuntuoso.

E per di più, avrei potuto pepare un po' le cose facendola ingelosire. È un modo infallibile per motivare una donna. Aveva funzionato in passato e, anche se lei è diversa, Robin non è poi così diversa dalle altre.

Ricordo la volta in cui convinsi Marilyn a sganciare ottomila dollari per tirarmi fuori dai debiti della carta di credito. Stavamo insieme da più di un anno, ma chiederle i soldi almeno dieci volte non mi aveva portato da nessuna parte. Voleva che risolvessi la situazione per conto mio, che andassi da uno di quei consulenti del debito e che mi facessi aiutare a stabilire un piano di pagamento.

Non l'avrei mai fatto. Anche se avessero negoziato un tasso d'interesse più basso su ciò che dovevo, ci sarebbero voluti anni per ripagarlo. Nel frattempo, avrei vissuto come un pezzente. Mi faceva incazzare da morire che si rifiutasse di aiutarmi, dicendo che i risparmi che aveva non erano liquidi.

Non potevo contestare quella affermazione, se fosse stata vera.

Il giorno dopo, quando lei andò al lavoro, diedi un'occhiata di nascosto ai suoi estratti conto, i quali indicavano che aveva più di trentacinquemila dollari di risparmi, di cui dodicimila in contanti. Quando tornò a casa, le chiesi di nuovo un prestito. Al suo rifiuto, feci scoppiare un litigio.

Dopo cena, sparii, dicendole che mi incontravo con un amico e tornai a casa ben dopo la mezzanotte. Era furiosa. Scarabocchiai un numero di telefono e un nome sul retro di un biglietto da visita, lo cacciai nella tasca dei pantaloni e misi i jeans nella cesta della biancheria.

La sera seguente, Marilyn iniziò a tempestarmi di domande su con chi fossi uscito. Giocai sulle sue paure, rimanendo sul vago. Era divertente manipolarla. Ciò che la mandò davvero fuori di testa furono le due volte in cui feci partire la suoneria del mio telefono. Ogni volta guardai lo schermo e mi alzai dal divano, sussurrando. Quando mi chiese spiegazioni sulle chiamate, dissi che era solo un amico del lavoro.

Marilyn era tesa come una corda di violino, e mantenere le distanze da lei da quando avevamo discusso per i soldi stava avendo l'effetto desiderato, ma il colpo di grazia fu la ricevuta di una dozzina di rose che avevo lasciato sul bancone. Mi affrontò e, quando le confermai la tresca, crollò.

Voleva sapere perché, e io trasformai la questione dei soldi in una questione di fiducia. Andò tutto secondo copione e, prima di andare a letto, mi aveva staccato un assegno.

———

CONTINUAVO a spostarmi dalla veranda al davanti della casa. Avevo chiamato e scritto a Robin, ma quella stronza non rispondeva. Era una serata così bella; sarebbe stato un peccato sprecarla. Il cielo era striato di sfumature viola e rosa mentre la luce del giorno scemava. Perfetto per un giro. Dopo essermi cambiato, saltai in macchina, imboccai la 41 e mi diressi verso Venetian Village, sperando che non fosse troppo turistico.

Quando superai Pine Ridge Road feci un'inversione a U. Ero vestito bene ed ero così vicino che tanto valeva fare un salto dalle parti di casa di Robin: non si sa mai. Svoltai nella sua strada. Che cos'è quello, una BMW nel vialetto? Chi diavolo ha una BMW bianca?

Parcheggiai dall'altra parte della strada e fissai la sua casa. Chiunque fosse lì con lei si trovava in soggiorno, dato che le luci erano accese. Quando mi resi conto che la TV non era accesa, scesi e finsi di camminare lungo la strada per dare un'occhiata più da vicino. Una figura passò davanti alla grande doppia finestra. Sembrava un uomo, ma non potevo esserne sicuro.

Poi mi venne un'idea, risalii in macchina e guidai fino al locale thai-sushi sulla 41, subito dopo Vanderbilt. Presi uno spicy tuna roll e una porzione di pad thai — Robin adorava la combinazione di noodle e arachidi tritate — e tornai a casa sua.

Non so cosa mi facesse incazzare di più, il sexy abito nero che indossava o la sua espressione accigliata. Da lì in poi, fu tutto un disastro.

«Dom, che ci fai qui?»

«Stavo prendendo un boccone al ristorante thailandese e ho pensato di portarti un tuna roll e il piatto di noodle che adori.» Aprii la parte superiore del sacchetto e il profumo della salsa di arachidi si diffuse nell'aria.

«Abbiamo già mangiato.»

Neanche un grazie? E chi era «noi»?

«Oh, non sapevo avessi compagnia». Allungai il collo per vedere dentro.

Una voce maschile chiamò: «Rob, tutto a posto?»

Rob? Avrei voluto gridare che le cose non andavano affatto a posto, ma Robin si girò verso l'ingresso e disse: «Arrivo subito». Poi si rivolse a me: «Senti, la situazione è un po' imbarazzante. Ho ospiti e, mi dispiace, ma devo chiederti di andartene».

«Andarmene? Davvero? Un giorno fa piangevi sulla mia spalla per gli sbirri che ti rompevano le palle per i soldi dell'assicurazione, e adesso sono persona non grata?»

«Non è così».

«Ah, sì? E allora com'è?»

«Ho detto che ho compagnia».

«Chi c'è?»

«Un amico del lavoro».

«Questo amico ha un nome?»

«Per favore, Dom, finiamola con queste stronzate. Non devo rendere conto a te».

«Cerco di fare una buona azione, e questo è quello che ricevo in cambio?»

«Nessuno te l'ha chiesto».

Ribollivo di rabbia, e dev'essere stato il fumo che mi usciva dalle orecchie a spingerla a dire: «Quello che hai fatto è stato molto dolce, Dom. Apprezzo il gesto, ma stasera proprio non va bene per me».

Ma per il signor Impiegato andava bene, invece.

«E allora, quando andrebbe bene per te?»

«Dai, Dom. Perché non mi chiami domani? D'accordo?»

E così, mi chiuse la porta in faccia. Avrei voluto lanciare il sacchetto contro la porta, ma invece lo lasciai proprio lì, sulla veranda. Sapere che si sarebbe riempito di insetti in venti minuti o meno mi diede una piccola dose di vendetta.

Me ne stetti seduto in macchina, fumante più di un motore diesel ventennale, aspettando che quel pagliaccio se ne andasse. Quando si fecero le nove e mezza, il pensiero che quel tizio potesse fermarsi per la notte mi mandò nel panico. Mi attaccai al clacson tre volte, ma l'unica cosa che ottenni fu un vicino che minacciò di chiamare la polizia.

Mentre tornavo a casa, la chiamai quattro volte sul cellulare, ma ogni volta scattava subito la segreteria telefonica. Al diavolo lei; chiamai Melissa.

26

LUCA

Riattaccai il telefono e scossi la testa. Mi era sfuggito? Dannazione. Era un elemento fondamentale, imbecille, e non ci avevi pensato? Come avevo potuto farmelo scappare? Gli indizi erano lì, in bella vista. Sapevi che la moglie era una maniaca del controllo di prima categoria. Il marito scompare senza lasciare traccia e tu ti dimentichi di chiedere di un'eventuale assicurazione sulla vita? Errore numero uno. Era colpa della chemio?

C'era voluta una soffiata di Stewart sui soldi che Robin avrebbe incassato. La fonte non mi piaceva, ma un'informazione è un'informazione. Ora è lei nel mirino. È la procedura da manuale.

Ripensai all'indagine sulla stipula dell'assicurazione e sui beneficiari. C'erano dei campanelli d'allarme, non rossi, ma rosa. Come avevo potuto concentrarmi così tanto su di lei da non esplorare nemmeno una pista alternativa?

Stavo perdendo colpi? Era colpa della chemio?

Anche se mi sentivo bene, nonostante tutte le stronzate che avevo passato e che stavo ancora passando, specialmente con le mie parti intime, sapevo nel profondo che la malattia mi aveva cambiato. Come avrebbe potuto essere altrimenti? La cosa buffa è che non vedevo più le cose in bianco e nero; da un po' di tempo, nella vita, c'era anche il grigio. Eppure, con il caso Gabelli, avevo considerato le cose solo come un aut aut.

Sobbalzai sulla sedia. Come diavolo avevo fatto a non considerare che i Gabelli potessero aver pianificato tutto insieme? Mentre ci pensavo, la possibilità che avessero cospirato insieme prese forma. Una cospirazione del genere avrebbe potuto assumere varie forme:

Phil sarebbe scomparso e Robin avrebbe riscosso l'assicurazione. Poi, dopo un po' di tempo, Robin sarebbe scomparsa per raggiungere Phil ovunque si trovasse. Oppure Robin avrebbe riscosso, sarebbe rimasta dov'era, ma avrebbe diviso i soldi con Phil. Forse Phil voleva sparire e aveva placato i suoi sensi di colpa con i soldi che Robin avrebbe ottenuto. O, chissà, magari tutte le voci sui problemi coniugali non erano altro che un classico depistaggio.

Se le scappatelle si fossero rivelate una fesseria, avrei dovuto considerare di restituire il distintivo. Magari trovarmi un lavoro d'ufficio per essere sicuro di ricevere la pensione. Il sindacato mi avrebbe aiutato. Avrei giocato la carta della salute. Sarebbe stato facile, se fossi riuscito a ingoiare il mio orgoglio.

Una cospirazione di sicuro rispondeva alle domande sul perché ci fosse una polizza solo su Phil e sul perché avessero rinunciato al raddoppio per morte accidentale, per non parlare dell'opzione sulla morte del secondo coniuge. Ma non ero convinto che risolvesse il crimine. Le cospirazioni sono difficili da mettere in atto in generale, ma quando ruotano attorno a una cosiddetta persona scomparsa, la cosa diventa un'infinità di volte più difficile. Dove può davvero nascondersi qualcuno oggi, specialmente con tre milioni di dollari e uno stile di vita da alta borghesia? Nel mondo di oggi, non puoi metterti le dita nel naso senza che finisca su Facebook.

Sapere tutto ciò non mi faceva sentire meglio. Era il fatto di non averlo mai nemmeno preso in considerazione a scuotermi fin nel profondo. A turbare ulteriormente le acque era il fatto che la nuova pista provenisse nientemeno che da Dom Stewart.

Questo tizio stava giocando con me? Era stato lui a fare la soffiata sul risarcimento assicurativo da tre milioni di dollari. Perché aveva chiamato la linea per le segnalazioni? Perché non ci aveva detto prima che Phil gli aveva parlato del piano dell'assicurazione sulla vita? Stewart era un qualche malato che si godeva lo svolgersi delle indagini? Aveva messo gli occhi su Robin e, se non avesse ottenuto ciò che voleva, l'avrebbe affondata? Se ne era a conoscenza, allora sarebbe stato un complice. Calma, calma, Luca, stai correndo troppo.

Avevano avuto una storia, una scappatella, un incontro, o quel che era. Lui voleva tornare con lei, secondo Robin. L'unico modo in cui ciò poteva accadere era se lei avesse lasciato il marito o se il marito fosse uscito di scena. Non ci guadagnava nulla da un piano assicurativo in cui Robin e Phil si dividevano i soldi. Stewart non poteva essere coinvolto, ma perché questo stillicidio di informazioni? Anche quella ragazza giù ai Caraibi, perché aveva aspettato a parlarcene?

Forse era così che ragionava quel tipo. Era molto amico di Gabelli e aveva difficoltà a trovare un equilibrio. Potevo capirlo, dato che avevo sempre coperto i miei amici. Non avrei mai insabbiato un crimine, ma avrei coperto le scappatelle che Gabelli si faceva se fosse stato un mio amico, come JJ.

Mi chiedo cosa avrebbe da dire JJ su tutto questo. Non riesco a immaginare che io e il mio ex collega non avremmo esplorato questa possibilità. Ci assicuravamo sempre di guardare sotto ogni letto.

Come mai Vargas non ha mai sollevato questa possibilità? Era una brava poliziotta, ma neanche lontanamente brava come JJ. I colleghi si guardano le spalle a vicenda; ci completiamo a vicenda. Cavolo, Vargas, perché non hai saputo dire qualcosa?

Come per difendere la sua integrità, la porta si spalancò: era Vargas. Non vedevo l'ora di comunicare le ultime notizie alla mia collega.

Vargas non si scompose per lo sviluppo. Disse che era un progresso e che andava approfondito. Sarà stata la mia reazione o il muso lungo che avevo, ma mi sorprese dicendo che era sciocco e controproducente tormentarsi per quella cosa. Certo, aveva ragione, ma non mi andava giù neanche un po'.

Discutemmo se far venire Robin per un interrogatorio in centrale o se fosse meglio sorprenderla a casa. Vargas suggerì di prenderla in contropiede in due nell'ufficio di Robin. Cercai di nascondere il fatto che fossi incazzato per non averci pensato io. Era un'altra prova del mio declino? La chemio mi aveva fritto il cervello?

27

LUCA

La receptionist stava giocando a solitario e chiuse di scatto il portatile quando le mostrammo i nostri distintivi. Le dicemmo che eravamo lì per vedere Robin Gabelli e, prima che potesse telefonarle, Robin entrò nell'atrio con in mano la chiave del bagno.

Sembrava che avesse visto un film dell'orrore, ma scosse rapidamente la testa e si riprese. Era brava.

Il suo sorriso si allargò più della luna quando disse: «Che bella sorpresa vedervi. Come posso esservi d'aiuto?»

Se fosse stata la prima volta che ci incontravamo, ci sarei cascato, al suo fascino del Sud.

«Abbiamo alcune cose che vorremmo ci aiutasse a chiarire.»

«Sarò felice di aiutarvi. Andiamo nel mio ufficio.»

Robin ci fece entrare in un ufficio con un'enorme finestra che si affacciava su un cortile con una fontana. Sulla sua credenza c'erano un paio di premi e una fotografia di lei e Phil. La sua scrivania, sterile come un ospedale, aveva una vaschetta portadocumenti in plexiglas e una penna solitaria, nient'altro.

Smorzò il tono ospitale. «Cosa volevate sapere?»

Dissi: «Vorremmo riesaminare la questione dell'assicurazione.»

«Ma pensavo di aver risposto a tutte le vostre domande. Credetemi, so come appare, ma nonostante ciò è tutto legittimo.»

Vargas disse: «Ci risulta che Lei abbia ricevuto il premio dell'assicurazione.»

«Beh, sì. Hanno pagato il premio in conformità con la polizza.»

Vargas chiese: «E cosa ha fatto con i soldi?»

«Non credo di dover rispondere, non sono affari vostri. Ma voglio collaborare con voi. I proventi sono stati depositati in banca.»

Intervenni io: «Un conto cointestato?»

«Cosa intende?»

Incalzai: «Un conto che aveva con suo marito o solo a suo nome?»

Vargas aggiunse: «O un conto con un'altra persona?»

«Non capisco perché me lo chiediate. Non sono davvero affari vostri.»

Dissi: «Otterrò un'ordinanza del tribunale e diventeranno affari miei, signora Gabelli.»

Robin mi lanciò un'occhiata gelida. Non capii se fosse per l'ordinanza del tribunale o perché mi ero rivolto a lei formalmente.

Disse: «Sentite, per tutto questo tempo ho dovuto sopportare un sacco di insinuazioni da parte della polizia. Non mi sono lamentata perché volevo solo sapere dov'era il mio Phil. Ma ora state mettendo a dura prova la mia pazienza.»

Vargas disse: «Ha intenzione di rispondere?»

«Credo che sia ora di coinvolgere il mio avvocato.»

Feci un cenno con la testa a Vargas e mi alzai. Un attimo prima di aprire la porta, mi voltai e chiesi: «Lei e suo marito avete pianificato la sua scomparsa per incassare i soldi dell'assicurazione?»

Robin scosse la testa e mise in mostra un sorriso smagliante. «Cosa ve lo fa pensare?»

Io dissi: «Un amico del signor Gabelli si è fatto avanti dicendo che suo marito gli aveva confidato un piano per farlo sparire e incassare la polizza sulla vita.»

Lei sbatté le palpebre due volte. «E chi l'avrebbe detto?»

«Non siamo autorizzati a rivelarlo» rispose Vargas.

———

Vargas sbatté la portiera della macchina. «Non mi piace per niente.»

C'era forse una punta di gelosia in quelle parole? Uscii dal parcheggio. «È una persona posata, questo glielo devi concedere.»

«È una falsa. Ci sta prendendo per scemi.»

Dissi: «Non fraintendermi, è sfuggente, ma non credo che l'abbiano fatto insieme.»

«Pensi che sia innocente?»

«Non lo so, ma non credo che l'abbiano pianificato loro due.»

«Stiamo parlando di tre milioni di dollari, Luca.»

«Non sto dicendo che non abbia fatto niente, solo che per farla franca con una cosa del genere, non so, non mi sembra che abbia la personalità per mettere in piedi un piano simile.»

«Ah, e così adesso saresti anche uno psicanalista?»

«È solo il mio istinto, Vargas, solo il mio istinto. Non per vantarmi, ma la maggior parte delle volte è molto meglio di qualche strizzacervelli e molto meglio che usare un oroscopo.»

«Molto divertente.»

«Teniamo gli occhi sui soldi. Se una parte o l'intera somma si muove, questo ci dirà qualcosa.»

«Forse, ma il problema è che può andarsene e spostare i soldi dopo essere partita. Di questi tempi, i soldi si possono spostare alla velocità della luce.»

«Ma se ne manda la metà a Phil Gabelli e resta qui, non lo sapremo mai. Dovremmo ottenere un'ordinanza del tribunale per monitorare il suo conto.»

«Magari fosse così facile. Nessun tribunale ce la concederà senza altre prove di un complotto.»

28

STEWART

«*Qualunque cosa accada, è in mio potere volgerla a mio vantaggio.*» - *Epitteto*

WATERSIDE ERA il mio posto preferito per fare shopping. C'erano tutti i negozi di lusso del mondo. Non vedevo l'ora di potermi permettere di comprare da Ferragamo. È il top di gamma, meglio di tutti gli altri negozi di lusso di Waterside messi insieme.

Superai la fontana dopo essere uscito da Saks. Non era il mio negozio preferito, ma la mia carta di Nordstrom era al limite e non avevo intenzione di fare un'altra figuraccia. Era ora di lasciare le buste in macchina e di andare a prendere qualcosa da mangiare.

Fermandomi al bordo del marciapiede, guardai a sinistra per assicurarmi che non stessero arrivando macchine. E che vedo? Seduti a un tavolino alto sul marciapiede di Brio c'erano Robin e quel fottuto tizio del lavoro. Aveva un drink in mano ed era china sul tavolo, intenta a parlare.

Il Tizio dell'Ufficio indossava dei pantaloni chino blu e una camicia di Tommy Bahama. Ma fammi il piacere, la moda di Tommy Bahama è finita da un decennio. Non potevo credere che stesse con uno come lui. Questo tipo teneva le gambe accavallate come uno di quei fighetti dell'Ivy League. Chi è che accavalla le gambe seduto a un tavolino alto? Senza dubbio era un baccalà.

Che diavolo ci faceva con lui?

Poteva essere solo un incontro di lavoro? Se sì, perché Robin sorrideva come una cheerleader? Raggiunsi la macchina, gettai i vestiti appena comprati nel bagagliaio e uscii dal parcheggio. Feci il giro del piazzale in cerca di un altro posto. Perché questo parcheggio è sempre così fottutamente pieno?

Un'auto stava uscendo in retromarcia da un posto con una buona visuale su Brio. Mi ci infilai. Un cameriere con un grembiule nero stava posando dei piatti. Non riuscivo a capire se Robin avesse preso l'insalata di mahi-mahi che ordinava di solito. Merda, c'era una bottiglia di vino sul tavolo. C'era anche prima?

Stavano parlando più che mangiando. Bevvi un sorso d'acqua per mandare giù la bile che mi risaliva in gola. Mentre richiudevo la bottiglia, un aiutocameriere sparecchiò il loro tavolo. Il Tizio dell'Ufficio fece segno per avere il conto, risollevandomi il morale.

Arrivò il conto, il Tizio dell'Ufficio lasciò dei contanti e si alzarono. Mentre uscivano, sgranai gli occhi. Si tenevano per mano. Che diavolo stava succedendo? Si fermarono nella zona del posteggiatore. Questo tizio lascia l'auto al posteggiatore in un centro commerciale? Saltai giù dalla macchina e mi diressi a passo svelto verso la postazione del valet.

Il sorriso di Robin si spense in un'espressione accigliata mentre mi avvicinavo. Fece un passetto indietro, allontanandosi dal suo accompagnatore. Ah-ah, sapeva di stare facendo qualcosa di sbagliato. Rischiai di essere investito da un posteggiatore con una Bentley.

Disse: «Oh, ciao, Dom».

«Che stai facendo?»

«Che vuoi dire? Abbiamo appena mangiato.»

Il Tizio dell'Ufficio disse a Robin: «Va tutto bene?»

«Fatti gli affari tuoi», dissi a lui, e poi a lei: «Ti ho chiamata dieci volte. Non mi hai mai risposto».

«Mi dispiace, ma al lavoro è stato un manicomio.»

Guardai il suo accompagnatore e dissi: «Me lo stai dicendo?»

Il suo accompagnatore disse: «Senta, non so cosa voglia, ma le chiederei per favore di lasciarci in pace».

«Stai zitto e stammi alla larga o te ne pentirai.»

«Dom! Andiamo. Ti chiamo domani, okay?»

«Ascolta la signora, amico mio.»

Mi voltai verso il suo accompagnatore e gli puntai un dito sul petto. «Ti ho detto di stare zitto e di startene fuori dai miei affari. Continua così e ci pulisco il pavimento con quel tuo culo ossuto.»

Il ragazzo del parcheggio si precipitò da noi. «Signore, posso aiutarla?»

«Certo, investi questo tizio, vuoi?»

Tutti gli occhi erano puntati su di me mentre mi dirigevo verso il California Pizza Kitchen. Mi sedetti al bancone, ordinai una birra e guardai Robin salire su una Mercedes Classe S. Quando si allontanarono, me ne andai, senza aver bevuto un sorso di birra.

———

DOVREI MANDARLE DEI FIORI? E perché dovrei? Non ho fatto niente di male, era lei a un appuntamento. Forse l'ho messa in imbarazzo dal posteggiatore? La situazione non si sarebbe scaldata così tanto se il Tizio dell'Ufficio si fosse fatto i fatti suoi. Perché la gente deve sempre ficcare il naso negli affari degli altri?

È fortunato che non l'abbia spianato. Anch'io, immagino, altrimenti con lei starei ancora cercando di uscire da una fossa ancora più profonda.

La sua scusa dell'"ho tanto da fare al lavoro" era una cazzata pura. Aveva tre fantastici milioni di dollari in banca, oltre a quelli che aveva già. Era una cifra molto vicina a quella che ti permette di dire "vaffanculo".

Robin rendeva le cose difficili e confuse. Sfortunatamente, non era perché si stava facendo desiderare. Forse era la storia del lutto.

Dovevo pensarci bene. Lasciar passare un paio di giorni era una buona idea? Odiavo stare fuori dai giochi. Dovevo chiamarla o andare a casa sua?

Dovevo fare il disinvolto? Non potevo mettermi a strisciare, e poi, cosa avrei fatto? Niente. È lei quella che se ne va in giro. È meglio per Robin che non ci vada a letto.

Sarei dovuto andare a casa sua. Perché diavolo non l'ho fatto? Adesso sei al buio, Stewart. Hai fatto una cazzata, idiota!

Ok, ragiona, scava a fondo.

Devi agire. Non puoi lasciare che la cosa scemi via. Se vuoi qualcosa, te la devi andare a prendere. O tutto o niente.

Niente più stronzate. Devo affrontare la questione di petto. Appianare le cose senza scendere a troppi compromessi. Sì, questa è la soluzione. D'altronde, tra un paio di settimane è il suo compleanno, e quel piano è solidissimo.

Presi il telefono per ordinare due dozzine di rose. Sarebbe tornata a casa tra un'ora. Se avessi calcolato bene i tempi, avremmo potuto cenare per le sette.

29

STEWART

«*Vai con fiducia nella direzione dei tuoi sogni. Vivi la vita che hai immaginato.*» - *Henry David Thoreau*

Andrà fuori di testa quando lo aprirà. Persino la carta da regalo rosa è nel suo stile. Dovrei metterci un fiocco? O magari anche un nastro intorno? Non so, è una scatola piuttosto piccola; sembrerebbe disordinata e sovraccarica.

Forse dovrei metterla in una scatola più grande. Questo la spiazzerebbe sul serio. Altrimenti capirebbe che è un gioiello.

Potrei metterla in una scatola e poi in un'altra scatola. Rimarrebbe a bocca aperta. La tirerò per le lunghe e le mostrerò quanto impegno ci ho messo. C'era quella scatola in cui è arrivata tutta quella roba di Amazon. Però è un po' grande, e troppo ingombrante da aprire al tavolo di un ristorante.

E se usassi una scatola da scarpe? Sì, potrebbe funzionare e non sarebbe un problema portarla al ristorante. Già me la vedo, mentre apre la prima scatola, ma forse questa messinscena non le piacerà. Robin è un tipo un po' serio, special-mente di questi tempi. Sai che c'è? Lascia perdere.

L'anello mi starà in tasca. Se le cose non vanno come voglio, magari non glielo do. Penso che le piacerà, però, e un anello è una cosa davvero personale. Non era un anello di fidanzamento, ma era un ottimo trampolino di lancio.

ROBIN AVEVA DETTO di non voler andare a Marco Island, così avevo prenotato un tavolo speciale al Nosh on Naples Bay, vicino al porto turistico. Era un posto dall'aspetto elegante, molta pelle, e odorava di lusso. Mentre mi avvicinavo al risto-rante, ero ancora seccato dal fatto che avesse insistito per incontrarmi lì, rendendo i soldi che avevo speso per far luci-dare la macchina uno spreco totale.

Parcheggiai sotto l'hotel e camminai fino al Nosh. Dove diavolo era? Il separé che avevo prenotato era vuoto. Chiesi all'hostess, che mi portò a un tavolo vicino al piano, dove Robin stava giocherellando con il telefono.

«Ciao, festeggiata.»

Fece un sorriso di discrete dimensioni. «Oh, ciao.»

«Cambiamo tavolo.»

«Perché? Questo va benissimo.»

«Neanche per sogno. Ho prenotato un tavolo speciale, un separé con vista sul porto.»

«Va bene così, Stewart, non farne un dramma.»

«No, non va bene. È il tuo compleanno e, dopo tutto quello che hai passato, non è abbastanza.»

Perfetto. L'inconveniente del tavolo si era trasformato in un'opportunità per mostrarle che avevo degli standard, specialmente quando si trattava di lei. La serata era iniziata alla grande.

Ci spostammo in un separé curvo di pelle bianca con bordature nere. Il separé era posizionato di fronte all'acqua. Era il posto d'onore del ristorante, a patto che non ci fossero schiamazzatori al bar.

Controllai la carta dei vini e ordinai una bottiglia di champagne di prezzo medio.

«Carino qui, no?»

Lei annuì. «Mi è sempre piaciuto qui, ma mi chiedo perché nessun ristorante sembri mai farcela.»

«È fuori dalle rotte turistiche. Ma questi sanno come gestire le cose.»

Chiacchierammo dei ristoranti che avevano occupato il locale in precedenza, finché non arrivarono le bollicine. Facemmo cin cin e mi chinai per darle un bacio, ma mi offrì la guancia. Uh-oh. Mi chiesi se avrei dovuto darle l'anello per scaldare l'atmosfera.

Un grosso yacht stava manovrando per entrare nel porto, e glielo indicai. «Guarda quello. Caspita, che meraviglia.»

«Wow. È enorme.»

«Sì, grande ma dall'aria elegante.»

«Deve costare un patrimonio.»

«Potresti comprarne uno.»

«Di che stai parlando?»

«Con i soldi dell'assicurazione. Puoi permetterti quello, o qualsiasi altra cosa tu voglia.»

«Le barche sono belle, ma dicono tutti che sono una seccatura.»

«Conosci il detto: "I giorni migliori per un armatore sono quello in cui compra la barca e quello in cui la vende".»

«Le barche richiedono molta manutenzione. Direi che è meglio avere un amico con la barca.»

«Se stai pensando di prenderne una, non preoccuparti, me ne occuperò io per te. Sarò il tuo skipper.»

Lei sorrise. «Grazie, ma anche no.»

Riguardo al prendere una barca o all'avere me come skipper?

Robin non era la solita, ma sembrava aver superato l'incidente al Waterside. Stava andando piuttosto bene, pensai, mentre la studiavo. Le sue guance si arrossarono man mano che la bottiglia si svuotava, e l'atmosfera si fece più rilassata, come sempre accade con l'alcol. Prendemmo entrambi il costoso dentice, ed era ottimo. Lei non voleva il dessert, così ordinai un bicchiere di Malbec per allungare la serata e andai in bagno.

Mi piaceva la stellina che avevano messo nella torta al lime, sebbene stesse lasciando un mucchio di puntini scuri sulla misera fetta di torta. Le cantammo «Tanti Auguri a Te» e la stellina si spense durante il ritornello. La stellina mi piaceva davvero; puzzava di classe.

Non appena il cameriere se ne andò, tirai fuori l'anello e glielo misi sul piatto.

«Buon compleanno, raggio di sole.»

Sembrava sorpresa, ma non toccò la scatola.

«Avanti, aprila.»

Lo scartò come se stesse disinnescando una bomba. Pensai che il rubino rosso risaltasse magnificamente contro il velluto nero su cui era poggiato.

«È carino. Non dovevi comprarmi niente.»

«Lo so, ma volevo farlo.»

«Lo apprezzo, anche se non era davvero necessario.»

«Ti piace?»

«È stupendo.»

«Beh, allora mettilo!»

Si mise l'anello al mignolo. Che voleva dire?

Dissi: «Significhi molto per me, lo sai.»

«Lo so, Dom.»

«Dovremmo passare più tempo insieme, come facevamo una volta.»

«Non so se sia pronta, Dom.»

«Pronta? Che vuol dire? Bisogna cogliere le occasioni quando si presentano.»

«Lo so, ma sembra che Phil sia scomparso solo ieri.»

«È passato un anno, e questo non ti ha impedito di uscire con quello smidollato dell'ufficio.»

Mi fulminò con lo sguardo. «Quello che faccio non è affar tuo.»

«Beh, a questo gioco si può giocare in due.»

«Quale gioco?»

Fui contento di aver visto il segnale di pericolo lampeggiare, per una volta. «Lascia perdere. Scusa, non avrei dovuto tirare fuori l'argomento. Capisco davvero quanto sia stato difficile per te, Robin, e voglio solo aiutarti.»

Bravo ragazzo! Si ammorbidì all'istante.

———

Su una scala da uno a dieci, la cena di compleanno era un cinque pieno. Zero progressi. Il tempo stringe e io non ne ho da perdere. Devo esplorare le mie opzioni. Melissa aveva tre delle quattro cose che cercavo. Non era Robin, ma suo padre, che possedeva tre concessionarie Ford, era sfondato di soldi. Di corpo era un otto, forse otto e mezzo, ma di viso era un sei e mezzo, a essere generosi.

A Melissa piacevo di sicuro. Avevo resistito alle sue continue avances, tranne che in un paio di occasioni recenti. Andiamo, un uomo è un uomo. Forse era ora di accelerare. Dopotutto, cosa c'è da perdere? Posso spassarmela con Melissa e, allo stesso tempo, far ingelosire Robin. È ora che assaggi la sua stessa medicina. Se la cosa non avesse cambiato i rapporti con Robin, avrei voltato pagina. Melissa era un'ottima, no, un'eccellente alternativa. In ogni caso, presto sarei stato a cavallo.

Afferrai una birra, mi sedetti nella veranda e tirai fuori il cellulare. Era tardi, quindi avrei mandato un messaggio a Melissa per dirle che sarei passato domani per portarla a pranzo e, chissà, magari a fare shopping per una nuova Mustang.

30

LUCA

DIRE CHE LO STUDIO MEDICO ERA STIPATO ERA DIR POCO. FECI la registrazione e presi due riviste prima di accomodarmi sull'unica sedia libera, che si trovava sotto il televisore. Stavo per appisolarmi quando mi squillò il cellulare. Era Vargas.

«Dove sei?»

«Sono seduto nello studio del mio medico.»

«Oh, ti senti bene?»

«Bene, ho fatto un esame, ma è solo un controllo di routine. Che succede?»

«Sei sicuro?»

«Certo che sono sicuro, mammina. Che succede?»

«Sono qui a Clam Pass. Hanno trovato un corpo a Outer Clam Bay.»

«Un incidente in barca?»

«Temo di no, il corpo era zavorrato.»

Mi alzai. «Sto arrivando.»

«Non ci provare, Frank! Tu resta lì.»

«Perché no? Ti dimentichi che sono il miglior detective della Omicidi...»

«Aspetta. Devi prenderti cura di te. Questo tizio è già morto. Raggiungici quando hai finito.»

«Ma questo posto è strapieno. Ci vorrà almeno un'altra...»

«Ascoltati. Sei un bravo detective, Frank, ma non cambierà niente che tu ci sia o no.»

«Sei un vero tesoro, vero?»

«Ci vediamo dopo, quando hai finito con il dottore.»

«Assicurati che la scena sia messa in sicurezza.»

«Non sono nata ieri, Frank.»

«Lo so, lo so.»

«Ci vediamo dopo.»

La supplicai: «Chiamami se salta fuori qualcosa. D'accordo, Vargas? Ehi, Vargas, ci sei?»

————

Arrivai finalmente a Clam Pass mentre gli investigatori della scientifica si stavano togliendo gli indumenti protettivi. Mi ero perso una parte cruciale delle indagini ed ero incazzato. Vedere la scena del crimine prima che venisse contaminata era un vantaggio enorme. La migliore opportunità per cercare di ricostruire cosa potesse essere successo era andata persa. Ora avrei dovuto aspettare che il posto si liberasse per lasciar correre l'immaginazione.

La sveglia "pipì" sul mio cellulare suonò mentre scendevo dalla macchina. Premei il tasto per silenziarla e mi chinai sotto il nastro giallo della scientifica. C'era una brezza leggera e le palme danzavano una bossa nova.

Vargas, in un tailleur pantalone blu, stava parlando con Darren Grumman, il capo della squadra forense. Grumman era un tipo insignificante che non ti dava mai nulla finché non era stato analizzato completamente. Non capiva mai che noi dovevamo muoverci in fretta. Di conseguenza, la metà delle volte risolvevamo i casi senza il suo aiuto.

Grumman indossava il suo solito abito economico di seer-sucker beige.

«Cosa mi sono perso?»

«Un tizio in kayak ha avvistato il corpo verso le dieci e mezza e ha chiamato», disse Vargas. Alzò un braccio e indicò. «Era avvolto nella plastica e zavorrato sotto le mangrovie, a una decina di metri dalla passerella. La scientifica ha tagliato via la plastica e il corpo è praticamente intatto, ma coperto da una specie di sostanza cerosa che nessuno aveva mai visto prima. Sembra un indizio importante.»

Annuendo, chiesi: «Maschio?»

«Sì, maschio, caucasico, circa un metro e ottanta, tra i settantasette e i novanta chili.»

Guardai Grumman. «Qualche idea sull'età?»

«Difficile a dirsi.»

«Lo so che è difficile, è per questo che siete qui.»

Mister Utilità scosse la testa e si allontanò. Vargas disse: «Sai, Frank, a volte si ottiene di più con le buone che con le cattive.»

«Ehi, io sono svantaggiato. Non solo sono in ritardo, grazie a te, ma non ho nemmeno il tuo bel faccino.»

«Che ha detto il dottore?»

Non le avrei mai detto che era pronto a piantare un ago nel piccolo Luca per provare a svegliarlo. «Come nuovo. Qualche idea sull'età del morto? Sembra uno in buona forma.»

«Difficile a dirsi, ma Simonelli pensava che la vittima fosse sulla quarantina.»

Scorsi mentalmente il mio archivio di contatti mentre Vargas diceva: «Hanno praticamente finito.»

«Me ne rendo conto.»

Lei si accigliò. «Senti, devo scappare. Devo essere in tribunale tra meno di un'ora.»

Vargas mi porse un disegno della scena del crimine e io dissi: «Allora fila. Io devo fare le mie cose.»

Feci un paio di respiri profondi e ispezionai lentamente la scena finché il mio allarme non suonò di nuovo. C'era ancora un gruppetto di persone nei paraggi, così andai verso l'hotel che confinava con il parcheggio per usare il bagno della piscina.

Quando ebbi finito di svuotare la vescica, era rimasto solo un agente, con il compito di sorvegliare la scena del crimine.

Il parcheggio di Clam Pass si trovava alla fine di Pine Ridge. In fondo al parcheggio c'era una lunga passerella di legno che attraversava la baia e conduceva a una bella striscia di spiaggia. La passerella era così lunga che la maggior parte dei bagnanti veniva trasportata da navette simili a golf cart, gestite dall'hotel adiacente.

Perlustrai la zona, tutta asfaltata, quindi niente tracce di pneumatici o impronte da cercare, nel caso si fosse trattato di un nuovo crimine. Mi chiesi quanto tempo ci avessero messo gli agenti in divisa a far sgomberare la spiaggia dagli amanti del sole e a liberare il parcheggio. Non la migliore delle pubblicità per una città conosciuta come il paradiso.

Dopo aver individuato l'unica telecamera a circuito chiuso, ne controllai il campo visivo. Guardai verso l'hotel, ma come previsto, viste le tariffe delle loro camere, nessuna si affacciava sul parcheggio. Girando attorno al perimetro dell'area non riuscii a trovare altri punti di accesso.

Schizzo alla mano, mi diressi verso la passerella. Il corpo era stato zavorrato in una zona isolata a soli venti metri circa dal gazebo dove si fermava la navetta. C'erano tre modi plausibili in cui quel povero diavolo era finito nella melma. Poteva essere stato aggredito mentre camminava sulla passerella, magari una rapina finita male, e poi gettato di sotto.

Il problema era che era stato zavorrato e legato. Ciò suggeriva che, se si fosse trattato di una rapina, allora il ladro era già pronto a uccidere e a sbarazzarsi del corpo, il che lo rendeva un rapinatore decisamente insolito. Non me la bevevo. Quindi, le probabilità a quel punto erano che chiunque fosse stato avesse pianificato di uccidere quel tizio fin dall'inizio. Doveva essere così. Non mi sembrava una situazione evolutasi in modo imprevisto.

Poteva essere stato attirato lì per essere assassinato, ma a meno che non ci fosse traccia di un'auto abbandonata e non reclamata, il mio sospetto era che il corpo fosse stato trasportato fino a qui. Ora la domanda era: come? In auto o con un qualche tipo di imbarcazione?

Iniziai a propendere per l'ipotesi dell'auto. Offriva semplicemente più flessibilità all'assassino, a meno che questi non avesse accesso a un luogo remoto da cui varare una piccola barca e navigare fino al punto in cui aveva scaricato il corpo. Nah, se si trovava già in un luogo remoto, perché non nascondere il corpo lì? Perché rischiare?

Misi da parte la teoria della barca per esaminarla in seguito. Uccidere non era un atto razionale, quindi bisognava stare in guardia da altri comportamenti irrazionali.

L'autopsia avrebbe dovuto aiutare a restringere il campo, fornendoci un lasso di tempo ragionevole su cui lavorare. La storia della cera era una cosa che i ragazzi del laboratorio avrebbero capito in fretta, dandoci una pista. Sperando di ottenere di più dall'autopsia e dalla scientifica, tirai fuori il cellulare. Avremmo dovuto esaminare i filmati delle telecamere del parcheggio e vedere se l'hotel o qualcun altro ne avesse. Ma prima avrei chiamato il dipartimento dei Parchi della Contea di Collier per assicurarmi che qualsiasi filmato a circuito chiuso fosse conservato intatto e reso inaccessibile a chiunque tranne alla polizia.

31

LUCA

Ci fermammo davanti alla casa e restammo in silenzio per un minuto, prima che io dicessi: «Sei pronta?».

«Per quanto lo si possa mai essere, per queste cose» rispose Vargas.

Percorremmo il vialetto d'accesso mentre il sole faceva capolino dopo un breve acquazzone. La casa sembrava ancora più bella di come la ricordassi, al punto che mi chiesi se avesse sistemato il giardino o qualcosa del genere. Cercai di ricordare l'ultima volta che ero stato lì e suonai il campanello.

Robin aprì la porta, indossava un abito multicolore. Di solito non mi piacevano quelli che definivo abiti «alla Florida», ma quella donna sarebbe stata uno schianto anche con un sacchetto di Whole Foods addosso.

Il suo sorriso svanì quando ci vide. «Oh, salve. È successo qualcosa?».

Vargas chiese: «Possiamo entrare?».

Lei esitò. «Certo. Ma, vi prego, ditemi di cosa si tratta».

Mentre ci accomodavamo nel salone, Vargas fece un commento sull'arredamento.

«Sono sicura che non siate qui per l'arredamento, quindi perché non mi dite cosa sta succedendo?».

Repressi il groppo che sentivo allo stomaco e dissi: «Mi dispiace informarla che il corpo trovato a Clam Pass è quello di suo marito, Phillip Gabelli».

Robin si lasciò cadere all'indietro e si coprì la bocca. «Oh, no!».

Vargas si alzò e si inginocchiò di fronte a lei. «Ci dispiace per la sua perdita, signora Gabelli».

Gli occhi di Robin si inumidirono. «L'ho sentito dal momento in cui è scomparso. Sapevo che era grave».

Vargas era pronta con un pacchetto di fazzoletti e disse: «C'è qualcuno che può chiamare perché venga a starle vicino?».

Robin scosse la testa. «Non ho bisogno di nessuno. Francamente, me lo aspettavo. Cosa gli è successo?».

Dissi: «Non lo sappiamo con certezza».

«È annegato?».

«No».

Robin si asciugò gli occhi con un fazzoletto. «Pensate che sia stato assassinato?».

«Crediamo di sì».

«Perché lo pensate? Gli hanno sparato? O l'hanno accoltellato?».

Deglutii prima di dire: «Era stato zavorrato sott'acqua».

Robin tirò su col naso. «Oh, mio povero Phil. Cosa vi hanno fatto?».

«Dovremo eseguire un'autopsia. È la procedura standard in tutti i decessi sospetti».

Lei annuì. «Certo, capisco».

Prima che potessi aggiungere altro, lei disse: «Perché mai

qualcuno avrebbe voluto fare del male al mio Phil? Era un tesoro».

Vargas disse: «Faremo in modo che chiunque sia stato venga assicurato alla giustizia».

Io aggiunsi: «Sappiamo che è tanto da assimilare, ma avremo bisogno che lei identifichi il corpo, signora Gabelli. Mi rendo conto che sia uno shock, ma prima lo facciamo, meglio è, perché vorremmo eseguire l'autopsia il prima possibile».

«Dov'è?».

«Dal medico legale, sulla Domestic Avenue, vicino alla Industrial».

Vargas disse: «Sarei felice di accompagnarla. Non dovrebbe guidare da sola».

«Vuole che vada ora?».

«Solo se se la sente. Non vogliamo metterle fretta, vogliamo solo eseguire l'autopsia al più presto. In questo modo potremo restituirle la salma».

Robin si nascose il viso tra le mani e pianse. Vargas le accarezzò la schiena per un minuto, finché non si ricompose.

Robin si soffiò il naso e disse: «Vado a vedere Phil ora. Ho solo bisogno, diciamo, di una mezz'oretta per prepararmi».

«Vuole che venga in macchina con lei?».

«Grazie, ma non sarà necessario. Starò bene».

«Va bene, allora ci vediamo là».

———

Io e Vargas aspettammo Robin nell'edificio basso e beige che ospitava l'ufficio del medico legale. Tenendo d'occhio la porta, continuammo a discutere nella sala d'attesa della reazione di Robin alla notizia. Entrambi pensavamo che Robin avesse reagito in modo normale quando l'avevamo informata del ritrovamento del corpo di Phil. A volte un sospettato recita un copione un po' troppo bene, quando gli viene data l'inevitabile notizia.

Indossando un tailleur pantalone nero e tacchi bassi, Robin si fermò prima di entrare nell'edificio. Vargas andò verso la porta e la scortò nella saletta riservata ai familiari. Io andai nella sala di ricevimento per assicurarmi che il corpo fosse pronto per l'identificazione.

Il corpo di Gabelli fu spinto fuori dalla cella frigorifera in acciaio inossidabile e portato al centro della piccola sala d'osservazione. Presi il telefono per avvisare Vargas che era il momento. Mentre la porta si apriva, feci un respiro profondo. Vargas seguiva Robin a un passo di distanza mentre lei si avvicinava alla barella coperta da un lenzuolo. Guardai Robin negli occhi e lei, con il labbro tremante, annuì.

Abbassai il lenzuolo fino all'altezza del collo del marito e Robin sussultò, mentre un'ondata di nausea mi travolse. Robin scoppiò a piangere e io coprii rapidamente il volto di Phil, sapendo che non c'era impresario funebre al mondo che avrebbe potuto organizzare un funerale con la bara aperta.

STEWART

«*Ciò che conta non è l'idea che un uomo ha, ma la profondità con cui ci crede*». - *Ezra Pound*

«Oh no, Dom, Phil è morto» pianse Robin.

«Cosa?»

«È passato il detective Luca. Ha detto che il corpo trovato a Clam Pass era di Phil».

«Oh no, mi dispiace tanto, Robin. Cosa hanno detto che è successo?»

«È stato assassinato».

«Assassinato?»

«Non riesco a credere che qualcuno volesse fare del male a Phil».

Pensai: davvero, Robin? Phil era un brav'uomo, tutto sommato, ma era uno stronzo presuntuoso e pensava solo a se stesso. Lei sapeva che faceva incazzare la gente e che, per di più, era di un egoismo esagerato.

«Ci sono un sacco di pazzi in giro».

«Vogliono che vada a identificare il corpo».

Il corpo? Repressi la paura e mi costrinsi a chiedere: «Vuoi che venga con te?»

«No. Va bene così».

«Ma Robin, è una cosa molto, uh, difficile da fare da sola. Lascia che venga con te».

«Grazie, ma sto bene così».

La voce di Robin era ferma. Era intelligente come poche. Anche se non ne avevamo mai parlato, sembrava sapere che Phil non sarebbe tornato.

«Ok, ma se cambi idea, io ci sono per te».

«Faranno l'autopsia, sai».

«Davvero? Perché?»

«Il detective Luca ha detto che è la prassi nei casi di omicidio».

«Oh, mi dispiace da morire per te e per Phil».

«Andrà tutto bene, volevo solo farti sapere cosa stesse succedendo».

Forza, ragazza!

«Chiamami se cambi idea. Sarò da te in un lampo».

———

TRE GIORNI DOPO, passai davanti alle pompe funebri Hodges due volte prima di entrare nel parcheggio. Il mio piano originale era di arrivare presto per essere una solida spalla per Robin, ma non ero mai stato bravo con i funerali, e questo mi aveva trasformato in gelatina.

I funerali in Florida, con tutti vestiti di nero, mi sembravano tanto fuori luogo quanto andare in spiaggia il giorno di Natale. Indossavo il mio abito di Zegna, anche se avrebbe avuto bisogno di una stirata, con una camicia bianca immacolata e una cravatta blu. Mi sembrava appropriato.

Un gruppo di ragazzi con cui uscivamo arrivò nel mio stesso momento, e mi attaccai a loro come un pesce pilota a uno squalo. Entrammo e fummo accolti da un odore di aria viziata intrisa di sentori floreali.

Tutti noi firmammo doverosamente il libro delle condoglianze, un'altra stupida tradizione. Insomma, chi se lo va a rivedere? E cosa te ne fai dopo il funerale? Controlli se un tale è venuto? E che importa se l'ha fatto o no? Che fai, non vai alla sua veglia se lui non è venuto a una della tua famiglia?

Trovai conforto nel chiacchericcio vivace della stanza. Robin sorrideva mentre parlava con un gruppo di suoi colleghi. Vestita con un lungo abito nero, era bella anche senza trucco. Sopra una bara marrone c'era una grande composizione a forma di cuore con la scritta: *Al mio amato Phil.* Amico, quanto ero contento che fosse una bara chiusa.

Avvicinandomi per porgerle le mie condoglianze, iniziai a piangere. Mi assicurai che Robin vedesse le lacrime prima di abbracciarla. Credo che indossasse la nuova fragranza di Dior. Si staccò troppo in fretta, a mio parere, e andai a inginocchiarmi davanti alla bara. Tenni gli occhi chiusi per tutto il tempo e contai fino a quaranta prima di alzarmi e dirigermi verso l'atrio.

Rimasi nell'ingresso per due ore e tornai nella stanza solo quando un pastore celebrò una breve funzione. Phil sarebbe stato cremato e fui grato di risparmiarmi una sepoltura.

LUCA

Svoltai da Industrial Way for immettermi in Domestic e girai a destra nel parcheggio di un tipico edificio della Florida costruito negli anni Novanta. Lanciando il mio tesserino della polizia sul cruscotto, mi diressi all'interno per incontrare il medico legale della contea.

Originario della Virginia, il dottor Bilotti era arrivato a Naples quindici anni prima, una dozzina d'anni prima che io mi unissi al dipartimento dello sceriffo della contea di Collier. L'incarico a Collier era un lavoro più tranquillo rispetto a quello a Washington D.C., dove le morti sospette non mancavano di certo, e permetteva a Bilotti di avere un sacco di tempo per giocare a golf.

L'edificio ospitava tre sale da autopsia. La sala principale aveva spazio per tre autopsie. La sala singola era più privata, se mai il farsi sezionare e studiare il proprio corpo potesse essere considerato privato. La terza sala era destinata alle vittime potenzialmente contaminate e a quelle decedute in incendi.

Bilotti mi condusse nell'area singola.

«Grazie per essere venuto, Frank. Pensavo che sarebbe stata routine, ma un paio di cose non mi tornavano».

Strizzai gli occhi quando Bilotti alzò le luci. Il coroner afferrò una cartellina dal tavolo da dissezione in acciaio inossidabile e tirò giù il lenzuolo che copriva il corpo. Del bel faccino di Gabelli non c'era più traccia.

Gonfio per la decomposizione, il viso era quasi irriconoscibile. Era un miracolo che Robin fosse riuscita a identificarlo.

Espirando profondamente, dissi: «Caspita, dottore, ne ho viste tante, ma non avevo mai sentito parlare, e tanto meno visto, un corpo con l'adi... come si dice?»

«Adipocera. Per me è solo la seconda volta, quindi non si preoccupi. La prima volta che ne ho vista una è stato su un corpo recuperato da una zona paludosa vicino alle Meadowlands. Dopodiché, ho fatto delle ricerche. C'è persino un corpo che chiamano la Signora di Sapone, al Mutter Museum di Philadelphia».

«Incredibile».

«Proprio così, e può conservare un corpo per secoli».

«Incredibile».

«Normalmente, di un corpo nel golfo non rimarrebbe molto dopo una settimana o due, quindi da questo punto di vista siamo stati fortunati. Il modo in cui il corpo era avvolto e il limo che lo ricopriva hanno creato le condizioni per la formazione di questa sostanza dura e cerosa». Bilotti picchiettò con una sonda la sostanza cerosa e grigiastra che copriva la fronte di Gabelli. «Come può vedere, c'è una certa decomposizione e danni da parte di animali spazzini, ma è stata fortemente limitata dall'adipocera».

«È bizzarro. Da dove viene?»

«È essenzialmente una trasformazione del grasso corporeo».

«Che brutta fine».

Bilotti annuì.

«Dottore, ha detto che c'erano delle cose che non Le tornavano».

«Prima di tutto, la vittima era già morta quando è finita in acqua».

«Lo immaginavo, ma come fa a esserne sicuro?»

«Non c'era acqua nei polmoni, il che conferma che non respirava quando è stato gettato in acqua».

«Quanto tempo crede sia passato tra la morte e il momento in cui è stato gettato in acqua?»

Bilotti si accigliò. «Praticamente impossibile dirlo, Frank. La formazione di adipocera limita la nostra capacità di stimare l'intervallo post-mortem con una certa precisione. La temperatura gioca un ruolo importante, e siccome non sappiamo quando il corpo è stato messo in acqua, ho dovuto usare una media annuale della Outer Clam Bay e ho determinato un intervallo tra i sei e i nove mesi».

«È una stima molto vaga, dottore».

«Il corpo presenta un caso avanzato di adipocera. È il meglio che possa fare».

«Giusto, dottore. E per quanto riguarda le ferite, ce ne sono?»

«No. La causa della morte, al momento, è un'insufficienza cardiaca massiva».

«Un infarto?»

«Sì, ma c'è qualcosa che mi turba». Controllò la sua cartellina. «Quest'uomo sembrava essere in ottima salute. Nessun segno di cardiopatia, condizione arteriosa normale per un maschio di quarant'anni».

«E quindi?»

«Succede, ma è molto raro che un cuore sano ceda così, da solo».

«Potrebbe trattarsi di droga, tipo cocaina?»

«Potrebbe. Ho provato a controllare, ma guardi qui».

Bilotti prese un bisturi e usò il manico per sondare la cavità nasale di Gabelli.

«È impossibile dire se l'infiammazione sia stata causata dal sale dell'acqua o se fosse una condizione preesistente».

«Gabelli era un festaiolo, ma per quanto ne sappiamo, non c'erano precedenti di uso eccessivo di droghe».

«Ne ho visti tanti di cosiddetti consumatori occasionali farsi prendere la mano e finire qui o, se sono fortunati, al pronto soccorso».

«La capisco, dottore. Sa dirmi tra quanto saprà cos'è successo?»

«Dovremo aspettare i risultati degli esami del sangue».

«Ok, dottore. Ma mantenga il riserbo sulla causa della morte».

34

LUCA

Feci roteare la testa e mi massaggiai la nuca prima di iniziare. Passare ore a guardare video sgranati di telecamere a circuito chiuso sarebbe pessima televisione, ma sarebbe bello se i network ogni tanto mostrassero il lato noioso e banale delle cose nei loro polizieschi.

La scienza si prendeva tutta la scena, ma la maggior parte dei crimini veniva risolta con un solido lavoro sul campo: setacciare una scena del crimine in cerca di minuzie, interrogare centinaia di persone insignificanti e, come oggi, strizzare gli occhi davanti a video di sorveglianza a scatti.

Sapendo che i malviventi di solito studiano il posto prima dei loro misfatti, avevo iniziato a partire da due settimane prima della scomparsa di Gabelli. Era difficile nascondere un corpo, e ancora di più mantenere segreto un rapimento, quindi, anche se era probabile che fosse stato ucciso a ridosso della data della scomparsa, avevo richiesto i filmati del parcheggio di Clam Pass a partire da un mese prima che ne fosse denunciata la scomparsa.

Sei settimane, quarantadue lunghi giorni, più di mille ore

di registrazioni da visionare. Avrei avuto bisogno di un chiropratico e di un paio di occhiali prima di aver finito. Delegarne una parte, persino a Vargas, era fuori discussione. La mia incrollabile convinzione era che avrei perso le sottigliezze di qualcosa fuori posto se non avessi visionato io stesso tutto il materiale.

I filmati tra le dieci del mattino e le quattro del pomeriggio potevano essere visti a velocità aumentata, facendomi risparmiare un po' di tempo. La telecamera era posizionata a metà del parcheggio, angolata a destra, puntata verso l'ingresso della passerella. La cattiva notizia era che un punto cieco nell'angolo a sinistra, il più vicino all'area boschiva, mi avrebbe rallentato. Avrei dovuto fare attenzione alle persone che parcheggiavano in quella zona, assicurandomi che fossero solo dirette in spiaggia e non stessero tramando qualcosa di sinistro.

Inserii il primo DVD e premetti play. Immagini sgranate, in bianco e nero, di auto che entravano nel parcheggio di Clam Pass settimane prima che Gabelli scomparisse presero vita a scatti. Non mi aspettavo molto, ma tenevo gli occhi aperti per qualsiasi cosa di insolito. Uno penserebbe che chiunque contempli un crimine così grave penserebbe a passare inosservato, ma la gente fa ogni sorta di stupido errore.

———

ERANO PASSATI quattro giorni e innumerevoli DVD senza produrre il minimo sospetto nel periodo precedente alla scomparsa di Gabelli. L'unica cosa che avevo imparato era il ritmo dei frequentatori della spiaggia di Clam Pass. Aveva un parcheggio piccolo, quindi non c'era un gran viavai. Ai mattinieri piaceva arrivare in spiaggia non più tardi delle dieci, poi la situazione si calmava fino alle due circa, quando circa il trenta per cento di loro iniziava ad andarsene. Poi, verso le tre e mezza, arrivava in massa il gruppo del tardo pomeriggio, e la maggior parte di loro restava fino al tramonto.

Ero contento di essere arrivato al giorno in cui Gabelli avrebbe potuto essere gettato nell'acqua salmastra. Mentre mi versavo una tazza di caffè, mi ricordai che non avrei potuto mandare avanti veloce i filmati altrettanto speditamente e mi diressi nel mio ufficio.

Tazza di caffè in mano, inserii il primo DVD del "dopo". Nient'altro che amanti della tintarella. A metà del secondo DVD il sole cominciò a tramontare. Al cambiare della luce, mi sporsi in avanti. Il parcheggio si svuotò. Mandai avanti veloce il nastro e, mentre il timestamp superava le 23, una Honda Accord di colore chiaro entrò nel parcheggio. Rallentando, vidi che al volante c'era un uomo. Ingrandii l'immagine, ma non riuscii a capire se ci fosse qualcun altro in macchina.

Trasalii quando l'Accord si infilò nella zona cieca. Che fosse solo un appuntamento galante? Studiai lo schermo mentre il tempo scorreva. Poco dopo le 00:40 la Honda tornò visibile. Stavolta vidi una donna sul sedile del passeggero, proprio mentre il mio allarme-pipì scattava. Lo ignorai, anche se gli occhi mi bruciavano, e premetti l'avanzamento rapido.

Pochi minuti dopo le 5 del mattino, un vecchio furgone, che sembrava un Chevy, entrò nel parcheggio. Il furgone pareva cauto, si muoveva lentamente finché non si fermò vicino all'ingresso della passerella. Nessun movimento. Non era altro che un branco di ragazzini arrapati?

La portiera del conducente si aprì e trattenni il respiro mentre un uomo bianco, di corporatura media, scendeva. Il guidatore si guardò intorno, si diresse verso l'altro lato del furgone e scomparve. Schiacciai il tasto veloce, ma non appena lo feci, riemerse, indietreggiando mentre manovrava qualcosa.

Era lui il nostro uomo? Misi in pausa e zoomai sulla targa. Annotai il numero di targa della Florida, JF3974X, e premetti play. Cos'era quello? L'uomo stava manovrando un oggetto simile a una barca su un carrellino o un carretto a rotelle. Tirò la maniglia e svanì lungo la passerella. Fermai il nastro.

C'era un corpo nascosto in quell'aggeggio? Sembrava che l'uomo stesse trascinando i quasi ottanta chili di Gabelli? In caso contrario, che diavolo poteva fare quel tipo a quell'ora della notte? L'avvertimento di andare in bagno suonò di nuovo, ma lo rimandai. Dovevo vedere cosa succedeva con questo tizio e accelerai il nastro.

Il timestamp superò le 7 del mattino e arrivarono i primi visitatori della giornata. Erano tra i tanti camminatori mattutini che affluivano nel parcheggio. Quel tipo era già via da due ore. Ci voleva così tanto a sbarazzarsi di un corpo? Era un sacco di tempo. Forse aveva incontrato qualcuno e aveva dovuto rimandare l'abbandono di Gabelli vicino alle mangrovie. Mentre rimuginavo sull'idea, tornò in vista, trainando la sua barca.

Sembrava più leggera? Aveva un aspetto diverso? Mi avvicinai a pochi centimetri dallo schermo mentre scompariva di fianco al furgone. Ricorda, Luca, ricorda.

Mentre una coppia di ciclisti si dirigeva verso la rastrelliera, lui riemerse e tornò al posto di guida. Prima che il furgone lasciasse il parcheggio, presi il telefono, comunicai la targa e mi diressi a fare pipì.

35

LUCA

Fissai la fototessera della motorizzazione di Richard Blake. Il trentacinquenne non aveva precedenti penali. Capelli ricci, secondo la patente era alto un metro e ottanta e pesava circa settantadue chili. Un furgone Pontiac Montana era intestato a suo nome al 1099 di Barcamil Way.

Controllando l'indirizzo, scoprii che si trovava a Colliers Reserve, un vecchio quartiere residenziale, il che era strano, dato che non conoscevo nessuno che vivesse lì. Avevo sentito dire che non c'erano condomini e il fatto che Blake percepisse la disoccupazione non tornava. Sarebbe stato bello andare da lui con Vargas, ma lei doveva presentarsi in tribunale e questa faccenda non poteva aspettare.

Colliers Reserve aveva un'atmosfera diversa. Le strade erano fiancheggiate da alberi secolari, ma non di tipo tropicale. Sembrava di guidare in Georgia o in un posto del genere. La casa al 1099 di Barcamil Way era un'altra villetta bicolore, bianca e beige, di una ventina d'anni. La sua vegetazione era incolta, come quella di tutte le altre case dell'isolato. Mi chiesi se i proprietari si rendessero conto che sembrava una giungla o se fosse successo così gradualmente da essersi abituati a quell'aspetto soffocante. A mio parere, la casa valeva al massimo un milione o 1,1 milioni. Chiunque avesse comprato quella casa avrebbe dovuto investirci un sacco di soldi in ristrutturazioni.

Il viso di Blake aveva l'aspetto sano e segnato dalle intemperie di un surfista. Sembrava un atleta e fu sorpreso di vedermi. Quando mi presentai, Blake si passò rapidamente una mano tra i capelli color sabbia per sistemarli.

«Di che si tratta? Della rapina al casinò?»

Casinò? Il Seminole Casino che frequentava Gabelli? «Forse. Lei cosa ne sa?»

«Non molto. Stavo facendo il mazziere a blackjack sul retro, vicino alla sezione del baccarat, quando è successo.»

«Lei lavora al Seminole Casino di Immokalee, giusto?»

Annuì. «Da circa sette anni. Pensavo fosse per questo che è qui.»

«Sono qui per Phil Gabelli.» Blake sbatté le palpebre, ma a parte quello non tradì alcuna reazione. «Lo conosce?»

«Gabelli? Non mi dice niente.»

Ma che era, un avvocato? «È stato visto la mattina presto del primo maggio a Clam Pass. Può dirmi cosa ci faceva lì?»

Ritrasse il mento. «Visto? Aveva qualcuno che mi osservava a maggio?»

«Le telecamere di sicurezza di Clam Pass l'hanno filmata. Cosa ci faceva lì?»

«Chi si ricorda così indietro nel tempo? Ma è un parco pubblico. Ho tutto il diritto di essere lì.»

«Senta, possiamo fare a modo mio, oppure posso trascinarla in centrale e parlare lì. Per me è indifferente.»

«Non ho fatto nulla di male. Sarò sicuramente uscito per una veleggiata.»

Una barca. «Andare in barca a vela prima dell'alba?»

«Faccio il turno di notte e molte volte non riesco a dormire.»

«Quindi, tira fuori il suo piccolo Sunfish e va a veleggiare al buio?»

«Se sapesse quanto è bello essere in acqua quando sorge il sole, non sarebbe così presuntuoso.»

«Per quanto tempo esce?»

«Dipende, ma di solito due o tre ore.»

«Porta molte cose con sé?»

Blake mi fissò. Avevo toccato un nervo scoperto?

«Di cosa sta parlando?»

«Cosa porta con sé in acqua?»

«Non molto, qualcosa da mangiare.»

«Se ne sta lì seduto al buio e basta?»

«È tranquillo là fuori. Penso e basta. È una forma di meditazione.»

«Immagino che possa averne bisogno dopo aver lavorato in un casinò tutta la notte.»

Annuì. «Può essere caotico.»

«Ha sempre fatto il mazziere di blackjack?»

«Negli ultimi cinque anni, più o meno.»

«Molti clienti abituali, scommetto.»

Scosse la testa. «Anche troppi, se vuole la mia opinione.»

«Allora deve conoscere Phil Gabelli.»

«Che aspetto ha?»

Tirai fuori una foto e la porsi a Blake.

«Forse.»

Un'altra risposta evasiva. «È un sì o un no?»

«Sa quante persone giocano ogni giorno?»

«Sicuramente sa che posso ottenere un mandato e controllare la sorveglianza del casinò.»

«Ma il casinò è in territorio Seminole. Hanno la loro polizia.»

Quindi era questo il suo gioco. «Diciamo che abbiamo un memorandum d'intesa. Ora, quanto bene conosce Phil Gabelli?»

«Se è lo stesso tipo che ho in mente, veniva circa una volta a settimana.»

«Una volta a settimana, in cinque anni, si arriva a conoscere una persona.»

«Sa quanti tavoli da blackjack abbiamo?»

Lo sapevo. Non erano molti. «Era un buon giocatore?»

«Non ricordo.»

Blake continuò a girarci intorno per quindici minuti. Sapevo che nascondeva qualcosa, ma passai oltre.

«Sa, ho sempre voluto imparare ad andare in barca a vela.»

«Dovrebbe provare. È molto rilassante.»

«Il Sunfish è una buona barca?»

«È piuttosto carina, ma il suo pregio migliore è che è trasportabile.»

«Sembra perfetta. Ehi, Le dispiacerebbe mostrarmi la sua?»

«Mi piacerebbe, ma l'ho venduta.»

«Interessante. E quando?»

«Cosa ci trova di tanto interessante?»

«Ha appena detto che era una barchetta niente male, e poi va e la vende.»

«Ne prenderò una più grande, se per Lei va benc.»

«Quando se n'è sbarazzato?»

«L'ho venduta una decina di giorni fa.»

«Come ho detto, sono interessato a imparare ad andare a vela. A chi l'ha venduta?»

36

LUCA

Erano solo le cinque e quaranta, ma mi alzai dal letto sapendo che non sarei più riuscito a riaddormentarmi dopo un sogno inquietante su Vargas. Beh, almeno non era un altro incubo sul caso Barrow.

Ero ansioso di approfondire la storia di Blake e della sua barca, ma dovevo essere in tribunale alle nove. Il processo alla banda di ladri d'auto russi era stato rimandato in attesa della mia testimonianza e finalmente era stato messo in calendario. Con quasi due ore da ammazzare, decisi di fare una passeggiata sulla spiaggia per fare un po' di esercizio fisico e mentale.

Mentre i miei piedi toccavano la sabbia vicino al Turtle Club, il giorno in cui avevo conosciuto Kayla mi tornò in mente, suscitando emozioni contrastanti. Avevo il numero di Kayla da due settimane e non l'avevo ancora chiamata. Non sapevo cosa alimentasse quella procrastinazione: se il mio persistente problema idraulico maschile o la paura che lei non si sarebbe dimostrata interessata quanto sembravo esserlo io.

Stava diventando una stupidaggine, pensai, e su due piedi decisi che l'avrei chiamata quella sera.

———

LA VERSIONE di Blake sulla Sunfish quadrava. Il tizio del Lowe's Marina confermò di aver comprato la barca di Blake due settimane prima. Era ancora nel suo piazzale. Gli chiesi di toglierla dal mercato e di spostarla al coperto. All'inizio si oppose, ma quando gli dissi che sarebbe stato solo per una settimana o poco più, acconsentì e mi portò a vedere l'imbarcazione.

Feci il giro dello skiff bianco in vetroresina. Sbriciando in un'apertura simile a quella di un kayak, notai che era fatta per accogliere le gambe di un velista. Non c'erano tracce di sangue, ma non me ne aspettavo. Notai uno schienale che copriva un piccolo vano portaoggetti. Una volta rimosso, aumentava le dimensioni della cavità. Sarebbe stato difficile farci entrare di nascosto un uomo della stazza di Gabelli, ma non impossibile.

Fissando la barca, cercai di visualizzare come fosse apparsa quella notte rispetto a come appariva adesso. Dopo un minuto a immaginarlo, scattai qualche foto e mi assicurai che il venditore togliesse il cartello *In Vendita* prima di dirigermi a Immokalee.

———

USCENDO DAL CASINÒ, mi sentivo soddisfatto della mia perseveranza riguardo a Blake e al suo lavoro. Invece di arrendermi quando i suoi colleghi dealer non mi avevano detto nulla, ero passato a un paio di cameriere e con una di loro avevo fatto centro. A dire il vero, era la pista più ovvia, dato il playboy che era Gabelli, ma mi diede comunque una necessaria iniezione di fiducia.

Nancy, una cameriera dall'ossatura robusta, ai vecchi tempi non avrebbe mai superato il primo colloquio. Secondo un codice non scritto, che valeva anche per le hostess di volo, Nancy non era un granché dal punto di vista dell'aspetto fisico. La brunetta, che serviva da bere nella sezione del black-jack, aveva così tanti piercing che sembrava fosse caduta in una cassetta degli attrezzi da pesca.

Quello che mi colpiva di più era il piercing sulla lingua. Ogni volta che apriva la bocca mi chiedevo se quell'orna-mento fosse doloroso. Non importava quanto si potesse bere, bisognava essere pazzi per trovarlo sexy. Ad ogni modo, rico-nobbe subito Gabelli e disse che era uno schianto. Mi trat-tenni dal dirle di più perché non mi piace parlare dei morti.

Le chiesi cosa potesse dirmi su Gabelli, ma a parte il fatto che era un dongiovanni e uno che lasciava laute mance, non c'era nulla di rivelatore. Questo finché non chiesi di Blake e Gabelli: allora dalla sua bocca adorna colò oro. Ero così ecci-tato che quasi mi dimenticai di chiedere di Stewart. La came-riera disse che raramente veniva con Stewart, cosa che trovai sorprendente.

Un traffico pazzesco si snodava su Immokalee Road, e fui tentato di usare la sirena per accelerare il tragitto per andare da Blake.

———

«Era uno stronzo, okay? Un gradasso.»

Il rossore della rabbia di Blake assumeva una strana tona-lità sulla sua abbronzatura scura. Senza dubbio Gabelli lo aveva fatto infuriare. La domanda che chiedeva una risposta era se quella rabbia si fosse spinta fino all'irrazionalità.

Dissi: «Non è la prima persona che me lo dice. Era un bel tipetto, eh?»

«So che non sono tutti così, ma questi bellocci pensano che tutti debbano leccargli il culo. Capisce cosa intendo?»

In quanto membro ufficioso di quella categoria, non ero d'accordo, ma volevo che il veleno continuasse a scorrere. «E come. Che genere di cose faceva?»

«Era un giocatore di medio livello, non un vero big spender, ma chiamava sempre i caposala e parlava come se possedesse metà del locale. Chiedeva sempre qualcosa.»

«Intende favori o cose del genere?»

«No, piccole cazzate, come pastiglie per la gola, aspirina, un biscotto. Qualsiasi cosa gli venisse in mente, la chiedeva e l'otteneva. Era come se volesse mostrare a tutti che lo trattavano con i guanti.»

«Le dava davvero sui nervi, non è vero?»

«Sì, odiavo quando si sedeva al mio tavolo. E sa, lui sapeva che non mi piaceva, e premeva i tasti giusti e continuava a farlo per tutta la notte.»

«Così quella notte ha perso le staffe?»

«Continuava a tenere in mano le carte quando la mano era finita. Non si può fare. Ho dovuto chiamare il caposala due volte, e lui ha cercato di far sembrare che me la stessi prendendo con lui. Poi l'ha fatto di nuovo e gli ho urlato di darmi le carte. E quello stronzo di Perez si è schierato con Gabelli. È stato imbarazzante.»

«Il cliente ha sempre ragione.»

«No, questa è una stronzata. Non sai quante volte la gente viene sbattuta fuori dal casinò. Ci fanno una testa così sul come mantenere l'ordine.»

«Ma a Gabelli l'hanno fatta passare liscia?»

«Come ho detto, quel bastardo ci sapeva fare.»

«Che viscido. Ho sentito che lo hai affrontato più tardi.»

«Mi hanno tolto dalla sala e ho passato il resto del mio turno alla cassa. Quando sono uscito per andare a casa, era fuori che ciondolava. Mi son detto: che c'è, questo mi sta perseguitando? Gli sono passato davanti per andare al garage del personale e ha continuato a rompermi le palle. Così l'ho affrontato a muso duro e un altro dealer ha dovuto separarci.»

«Wow. Devi essere andato fuori di testa.»

«Non ne vado fiero. Ho rischiato di perdere il lavoro e ho dovuto supplicare il mio capo per colpa di quello stronzo.»

«Allora gliel'hai fatta pagare facendolo finire a Clam Pass?»

«Oh no, amico. Io non c'entro niente con quella storia.»

«Già, peccato che tu fossi a Clam Pass la notte in cui è scomparso e che il suo corpo sia stato ritrovato lì, in acqua, zavorrato.»

«Ti ho detto che sono andato in barca per scaricare lo stress. Giuro che è tutto. Non so nulla di cosa gli sia successo.»

«Come mai non mi hai mai detto di aver litigato con Gabelli?»

«Senti, lo odiavo, ma non significa che l'avrei ucciso. Che razza di persona credi che io sia?»

«È quello che sto cercando di scoprire.»

37

LUCA

Sulla via del ritorno, chiamai Vargas. Mi chiese: «Com'è andata?»

«Questo tizio o è un attore incredibile, o sta dicendo la verità.»

«Che mi dici della barca?»

«Ti chiamo per questo. Fai in modo che Finley autorizzi un avviso di sequestro e porta quel Sunfish al laboratorio.»

«Hai visto qualcosa?»

«No, era pulita, ma a meno che Blake non l'abbia candeggiata, la scientifica troverà qualcosa, se c'è.»

«È al porto turistico di Lowe, giusto?»

«Sì, il tizio si chiama Sammy. Devo scappare.»

«Aspetta un attimo.»

«Che c'è?»

«Mi ha appena chiamato l'unità crimini sessuali. La settimana scorsa hanno arrestato un certo Steven Foster. Sembra che fosse un capo scout dei Boy Scout o qualcosa del genere, e un ragazzo, beh, non è più un ragazzo, si è fatto avanti e ha sporto denuncia contro di lui per violenze sessuali avvenute più di dieci anni fa.»

«Povero ragazzo, ma che c'entra con noi?»

«Questo pervertito di Foster, beh, ha detto che non era lui, ma ha indicato Phil Gabelli come il colpevole.»

Le ruote della macchina sbandarono contro il marciapiede. «Cosa?»

«Ho avuto la tua stessa reazione, ma ho verificato con la sede locale dei Boy Scout e indovina un po'?»

«Dai, Vargas!»

«Gabelli era l'assistente di Foster quando sono avvenute le violenze. Ho controllato con i Boy Scout, e Gabelli era lì nello stesso periodo di Foster.»

«Porca puttana! Potrebbe essere questo il motivo per cui è sparito.»

«Ho pensato la stessa cosa. Forse sapeva che questa storia stava per venire a galla.»

«Torno subito in centrale. Dobbiamo parlare con questo tizio, Foster.»

Sentendomi come se avessi in corpo tre tazzine di espresso, accesi la sirena e il lampeggiante sul tettuccio.

———

CHIESI: «Che lavoro fa questo tipo per potersi permettere di vivere a Tiburon?»

La mia collega rispose: «Insegnante alla Baron Collier High.»

«Fantastico, questo pagliaccio è sempre in mezzo ai ragazzini.»

«Pensavo che a Tiburon ci fossero case di tutte le fasce di prezzo.»

«Sono le spese, Vargas. Le spese condominiali sono alle stelle» dissi mentre svoltavo nel complesso residenziale.

L'ingresso di Tiburon era uno dei miei preferiti: un lungo viale fiancheggiato da maestose palme reali che si protendevano verso un cielo azzurro e senza nuvole. Il complesso era imperniato sul Ritz Carlton Golf Resort, il che rendeva Naples l'unica piccola città con due Ritz Carlton. Tiburon aveva un paio di campi da golf di livello mondiale, una buona posizione e case che andavano dai sette milioni a ottocentomila dollari.

Steven Foster viveva al secondo piano di un agglomerato di villette a schiera chiamato Castillo. Se ricordavo bene, venivano scambiate intorno ai novecentomila dollari. Comunque un sacco di grana per lo stipendio di un insegnante. Quando vidi le dimensioni minuscole dell'ascensore, dissi a Vargas che avremmo dovuto fare le scale.

So bene che non si può riconoscere un pedofilo dall'aspetto, ma Foster, a piedi nudi, rientrava nello stereotipo. Stava diventando calvo e i capelli che gli restavano erano tinti di un nero lucido da scarpe. Aveva occhietti piccoli e penetranti e una pancia flaccida.

Ma a meno che la vittima non fosse cieca, non avrebbe mai confuso Gabelli con questo cretino.

Foster si aggrappò allo stipite della porta quando ci presentammo e disse: «Omicidi?»

«Sì, vorremmo farle un paio di domande.»

«Uh, certo, ma non so nulla di nessun omicidio. La prego, non mi dica che sostengono anche che io abbia ucciso qualcuno.»

Si fece da parte e noi entrammo. L'intero appartamento era pavimentato con piastrelle bianche troppo piccole e posate in diagonale. Dovrebbe far sembrare una stanza più grande, ma non ho mai capito come. Era un posto luminoso, non credevo che un verme come Foster avrebbe gradito viverci.

Un trio di porte scorrevoli che davano su una veranda lasciava entrare la luce e la vista del campo da golf. Appena ci sedemmo attorno a un tavolo da cucina con il piano in vetro, dissi: «Andrò dritto al punto, signor Foster. Le accuse a suo carico sono le più gravi che si possano immaginare. Mi risulta che lei abbia affermato che l'accusatore si sia sbagliato e che si tratti di un errore di persona.»

«È la verità, lo giuro.»

Vargas disse: «Lei ha affermato che il vero colpevole era un uomo di nome Phil Gabelli.»

Lui scosse la testa. «Sì, esatto, è stato Phil. Ha fatto lui tutto quello che quel ragazzo ha detto che è successo.»

Dissi: «Mi risulta che lei e il signor Gabelli vi conosciate tramite i Boy Scout.»

«Guidavamo la stessa squadriglia. Io ero il capo scout e lui l'assistente. Sembrava un bravo ragazzo, ma immagino si sia meritato quello che gli è successo.»

Chiesi: «E cioè?»

«Ho letto i giornali. Ho visto che l'hanno trovato a Clam Pass. È stato assassinato.»

Disse Vargas: «Secondo Lei, chi potrebbe aver assassinato il signor Gabelli?»

«Non lo so con esattezza, ma immagino che chiunque con cui, ehm, abbia avuto a che fare avrebbe un buon motivo per farlo.»

Disse Vargas: «Conosce qualcuno in particolare?»

«In realtà non lo conoscevo così bene.»

Dissi io: «Ma avete lavorato insieme per, cosa, tre anni?»

«Qualcosa del genere.»

Dissi io: «E allora come sapeva che era stato il signor Gabelli a farlo?»

Lui inclinò la testa. «Ho avuto come una sensazione, sa, era un tipo un po' strano. Capisce cosa intendo?»

Disse Vargas: «No, ci dica.»

«Non saprei dirlo con precisione, ma, non so, era il modo in cui guardava i ragazzi. C'era qualcosa che non andava.»

Disse Vargas: «Eppure gli ha permesso di lavorare per tre anni con i ragazzi di cui era responsabile.»

«Io... io, mi creda, sento un pesante fardello di responsabilità per quanto è successo.»

Non mi preoccupai di come si sentisse quell'uomo e dissi: «Lei non assomiglia per niente a Phil Gabelli, che era un uomo attraente e in forma.»

Foster tirò in dentro la pancia e disse: «Forse non sono invecchiato bene come altri, ma Le assicuro che eravamo quasi due gocce d'acqua.»

Con un evidente sorrisetto, dissi: «Se lo dice Lei.»

Foster si alzò. «Un momento.»

Io e Vargas ci scambiammo un'occhiata mentre Foster frugava in una credenza verniciata di bianco.

«Ecco, visto? Che Le avevo detto?»

Presi la foto e la guardai due volte. Era Foster, forse dieci, quindici anni prima, in uniforme da Boy Scout. Sembrava completamente diverso, ma non vidi molta somiglianza con le foto che avevo visto di Gabelli. Cercai di leggere qualcosa nella foto. Quell'assurdo foulard giallo che indossava non aiutava. Chiunque lo avesse portato sarebbe sembrato strano.

«Quando è stata scattata?»

«Non ne sono sicuro, ma direi una dozzina di anni fa. Allora, mi crede adesso?»

«Possiamo tenere la foto?»

«Certo, se serve a scagionarmi.»

38

LUCA

DUE SETTIMANE DOPO L'AUTOPSIA, UN SEGNALE ACUSTICO annunciò l'arrivo di un'email. Era del laboratorio della scientifica. L'aprii e lessi il referto tossicologico su Gabelli. Non potevo credere ai miei occhi. Non avevano trovato nulla, a parte un valore alcolemico. Non capendo parte del gergo medico, composi il numero di Bilotti.

«Dottore, sono Frank. Ho ricevuto il referto tossicologico di Gabelli. È quello che abbiamo ripescato a Clam Pass.»

«Sì. Ricordo il caso. Di che si tratta?»

«Dice che non c'è traccia di droghe illegali nel suo organismo.»

«Sì, è corretto.»

«È impossibile. L'ha detto Lei stesso.»

«Non proprio. Quello che ho detto è che le droghe potevano aver avuto un ruolo, dato che la vittima non presentava alcuna evidenza di cardiopatia.»

«Allora doveva esserci qualcosa.»

«Temo di no, Frank. Non c'era nient'altro a parte un tasso

alcolemico che, se non ricordo male, era al limite del consentito.»

«Non ha senso. Ero sicuro che avrebbero trovato qualcosa. Hanno controllato tutte le sostanze?»

«È la prassi, e tenga a mente che abbiamo controllato anche farmaci da prescrizione, come oppioidi, barbiturici e anfetamine.»

«Quindi è stato un infarto?»

«Così pare.»

«Mi dica, dottore, se quest'uomo è morto per cause naturali a causa di un infarto, come sta dicendo, perché qualcuno avrebbe cercato di nascondere il corpo o di farlo sembrare scomparso?»

«Non è forse questa la Sua area di competenza, detective?»

———

NON CAPIVO. Perché farlo sembrare un omicidio? Che diavolo stava succedendo? Un infarto in un uomo sano?

Aspetta, c'era stato quel caso assurdo in cui quella donna era stata processata per aver ucciso un uomo col sesso. Aveva fatto venire un infarto a quel vecchio bastardo. A Gabelli le donne piacevano di certo. Poteva trattarsi di una cosa del genere? Ma perché insabbiare tutto? Se il suo cuore aveva ceduto mentre faceva sesso, non era un crimine.

A meno che non ci fosse qualche aspetto della cosa che gli avesse fatto scoppiare il cuore.

Qualcuno poteva aver assoldato una tigre del sesso per fargli venire un infarto, usando uno di quei cosi, i popper, che accelerano il battito cardiaco? Dopo che lui era collassato, si erano fatti prendere dal panico o, chi lo sa, magari avevano iniziato a litigare e volevano sbarazzarsi del corpo? Ma cosa ci sarebbe stato da guadagnare? Si uccide qualcuno per gelosia, per amore, per soldi, per vendetta. Manca un movente ragionevole.

Digitai un numero sul cellulare.

«Dottore, sono di nuovo io. Senta, stavo pensando a Gabelli e al suo infarto. È possibile che stesse usando, o che qualcuno gli abbia dato un popper durante un rapporto sessuale?»

«Intende nitrito di amile?»

«Sì, esatto.»

«Il nitrito di amile è un vasodilatatore; provoca la dilatazione dei vasi sanguigni. Di conseguenza, la pressione sanguigna di chi lo assume cala rapidamente, mentre allo stesso tempo la sostanza fa accelerare il cuore.»

«Sembra pericoloso.»

«Come tutte le droghe, lo è.»

«Potrebbe aver causato l'infarto di Gabelli?»

«Difficile a dirsi. Ci sono stati casi di arresto cardiaco legati al suo uso. Ma di solito è un uso abituale che nel tempo indebolisce i muscoli cardiaci.»

«L'avete cercato negli esami tossicologici?»

«No, è estremamente difficile individuarlo, poiché si dissipa rapidamente. Potremmo provare a eseguire un test e vedere cosa salta fuori, ma non ho visto alcuna prova che la vittima ne facesse uso.»

«Come potrebbe dire se ne faceva uso?»

«Tipicamente si trovano piccole lesioni gialle e crostose attorno al naso e alla bocca. Anche le cavità nasali sono infiammate.»

«Lei ha detto che il suo naso era infiammato. Ricorda?»

«Sì, ma la mia opinione è che la causa non sia il nitrito di amile. Come ho detto un attimo fa, se lo fosse stato, ci sarebbero stati segni di utilizzo.»

«Può farmi un favore? Faccia qualsiasi esame necessario per vedere se riesce a trovare tracce di nitrito di amile.»

«Se insiste, Frank. Stasera parto per le Keys per una settimana. Lo farò quando torno.»

«Non può occuparsene prima di partire?»

«Ho l'autopsia di un neonato di sei mesi morto, che i genitori dicono sia stata sindrome della morte in culla, e anche un diciottenne andato in overdose. Quindi no, non posso.»

«La capisco, dottore. Si diverta. Mi prometta solo che lo farà appena torna.»

Più ci pensavo, più mi sentivo frustrato. Come era morto davvero Gabelli? Era stato solo un infarto? Se sì, che cazzo ci faceva sommerso a Clam Pass? Se si fosse trattato di un omicidio, disperdere il corpo è normale. Ma se era stata una morte naturale, perché era stato gettato lì, e chi ne era responsabile?

Mentre mi dirigevo in ufficio, sapevo che l'enigma Gabelli doveva essere messo da parte, almeno finché non avessimo ricevuto i risultati degli esami del sangue approfonditi. Io e Vargas non avevamo altri casi attivi oltre a quello di Gabelli, ed eravamo a un punto morto. Ci sarebbe voluta almeno una settimana prima che arrivassero i risultati degli esami tossicologici aggiuntivi richiesti dal medico. Ci aspettavano due settimane di noia. Se non avessi già esaurito tutti i miei giorni di permesso per la convalescenza, sarebbe stato il momento perfetto per prendermi una vacanza.

Ciò significava che era arrivato il momento di fare quello che odiavo: esaminare i casi irrisolti. So che alcuni detective amano l'opportunità di portare alla luce gli errori o le omissioni di un collega e risolvere un caso impolverato. Ma per quanto mi riguarda, e so che sembrerà strano, preferivo non svegliare il can che dorme. Era solo un'ulteriore prova di quanto fossimo imperfetti, e di certo non avevo bisogno di altri promemoria.

L'idea di dover dedicare tempo ai vecchi casi era l'unica cosa che mi aveva fatto esitare ad accettare questo lavoro. Riesaminare i casi irrisolti era noioso e richiedeva molto tempo. Interrogare persone anni dopo, i cui ricordi erano offuscati dal tempo, richiedeva una grande dose di pazienza, una qualità di cui al momento ero a corto.

Non riuscivo a capire perché Kayla non mi avesse richiamato. Avevo telefonato quella sera e le avevo lasciato un messaggio. L'attesa della sua chiamata non faceva che aumentare la mia frustrazione. Se non mi avesse richiamato entro un giorno, avrei provato un'altra volta e poi, beh, si vedrà.

LUCA

ROBIN ERA DAVVERO SCONVOLTA QUANDO LE HO DETTO COSA stava succedendo. Ha giurato e spergiurato che era una menzogna spudorata. Non volevo avere niente a che fare con la sua reazione emotiva; volevo solo una vecchia foto di suo marito. Dopo sei richieste, ha finalmente smesso di sfogarsi e mi ha dato una foto. Era di buona qualità, bella e nitida. Le ho assicurato che avrei sistemato quel casino, tenendolo fuori dai giornali, e l'ho salutata.

Mentre salivo in macchina, un SMS della scientifica mi ha avvisato che il rapporto sulla barca di Blake era pronto.

Mettendo via il telefono, ho tenuto le foto di Gabelli e Foster una accanto all'altra. Avevano una corporatura simile, ma Gabelli era più alto di almeno due pollici, secondo la Motorizzazione. I capelli di Foster erano anche più scuri e molto più corti di quelli di Gabelli. Non era una questione di tempo trascorso tra un taglio di capelli e l'altro. Anzi, quelli di Gabelli, sebbene più lunghi, sembravano tagliati di fresco.

Misi la foto di Gabelli sul cruscotto e osservai più da vicino Foster. I suoi occhietti da spillo mi fissavano a loro volta. Quel tizio era inquietante, ma se entrambi avessero indossato quelle uniformi blu da boy scout, un ragazzino avrebbe potuto scambiare Gabelli per lui?

Mi era difficile credere alla storia dello scambio di persona. Capivo che erano due persone molto diverse, anche se non avevo mai incontrato Gabelli. Foster era un tipo scialbo, e tutto quello che avevo scoperto su Gabelli lo classificava come un estroverso fin troppo sicuro di sé. Il mio istinto mi diceva che Foster stava cercando di addossare la colpa di un crimine a un morto. Ma non potevo escluderlo, per quanto lo volessi.

Chiunque fosse, comunque, c'era un assassino ancora a piede libero. Per concentrare la caccia all'omicida, avrei dovuto sapere se si trattava di una vendetta per abusi o meno.

Chiamai Vargas, chiedendole di mettersi al volante della ruspa e iniziare a scavare immediatamente. Avevo una visita medica la mattina dopo e volevo arrivare al laboratorio della scientifica prima che chiudesse.

———

Pioveva così forte che aspettai in macchina per più di dieci minuti. Appena si calmò, saltai fuori e raggiunsi l'ufficio saltando tra le pozzanghere.

Coperto di macchie d'acqua, mi sventolai la camicia mentre Vargas finiva una telefonata.

«Novità su Foster?»

Lei si accigliò. «Buongiorno, Frank. Com'è andata la visita dal dottore?»

Sbuffai. «Giorno, Vargas. Va tutto a gonfie vele, d'accordo? Possiamo parlare di lavoro?»

«Sei sicuro di stare bene?»

«Sì, mammina. Resterò nei paraggi ancora per un po'. Hai qualcosa?»

Annuì. «Foster si è trasferito qui sedici anni fa. È nato in Minnesota e ha insegnato a Hermantown, un sobborgo di Duluth, per quasi dodici anni prima di dimettersi. Non mi è piaciuto come il preside ha detto che si era dimesso, e ricordo che mia sorella diceva che di solito servono dodici anni per maturare il diritto alla pensione scolastica. Quando le ho fatto notare che era strano che se ne fosse andato così vicino alla meta, ha concordato. È stato il modo in cui ha concordato; sapevo che si stava trattenendo. Così, ho chiamato l'associazione genitori-insegnanti di Hermantown e ho rintracciato il presidente di allora, un tizio di nome Joe Saturn.»

«Arriva al punto, Vargas. Sto morendo dalla suspense.»

«Saturn ha detto che un genitore si era lamentato del fatto che Foster si era comportato in modo inappropriato con suo figlio. Qualcosa a che fare con l'essere stato in uno sgabuzzino con il bambino di sette anni.»

«Che schifoso. Cos'è successo?»

«Ha detto che non si è mai andati oltre perché i genitori del bambino non volevano che il figlio venisse stigmatizzato e non c'erano altri testimoni.»

«L'hanno lasciato perdere?»

«Temo di sì, ma l'Unità Crimini Speciali ha trovato un sacco di materiale pedopornografico sul suo portatile, quindi Foster sarà ospite dello Stato della Florida per un bel pezzo.»

«Dovrebbe essere impiccato.»

«Forse. E la barca?»

«Niente di niente. Niente sangue o fibre. Nulla. I vicini hanno anche confermato che Blake andava sempre a vela nel cuore della notte.»

«Blake è pulito?»

«Pare di sì.»

«Siamo di nuovo al punto di partenza?»

Non avevo bisogno che me lo ricordasse. Ogni indagine ha un sacco di vicoli ciechi, ma mi stavo stancando di dare la caccia ai fantasmi in questa.

Dissi: «Devo chiamare Robin e dirle che suo marito è stato solo usato da quel verme di Foster.»

40

LUCA

Stanco dopo un'altra notte agitata, inserii un disco, appoggiai i gomiti sulla scrivania e premetti il tasto dell'avanzamento veloce. Quando trovai il punto in cui comparivano Blake e la sua barca, ripresi la visione a velocità normale.

Il grigiore scorreva sullo schermo, ma non c'era nulla di rilevante mentre i primi visitatori della spiaggia entravano nel parcheggio. Non aveva senso prestare troppa attenzione ai visitatori giornalieri, dato che era ormai il secondo giorno dalla sua scomparsa. Anche mandando avanti il video velocemente, ci volle un sacco di tempo. Prima che me ne rendessi conto, la mia vescica lanciò l'allarme e feci una pausa per andare in bagno.

Il parcheggio si ingrigì con l'arrivo del crepuscolo e riportai il nastro a velocità normale. Alle 20:09 un'Audi A6 di colore scuro entrò nel parcheggio, attirando la mia attenzione con la sua andatura serpeggiante. Un ubriaco? Si accostò vicino all'ingresso e parcheggiò. Passarono quindici minuti, poi la portiera del conducente si aprì. Avevo gli occhi puntati sull'uomo calvo che ne uscì, quando la portiera del passeggero si spalancò e una donna con i capelli lunghi e in pantaloni scese salutando con la mano il suo uomo. Il pelato, che non sembrava ubriaco, le si avvicinò. Si presero sottobraccio e scomparvero lungo la passerella.

La coppia tornò dalla passeggiata alle 21:23 e se ne andò. Poco dopo, una di quelle minuscole Fiat entrò nel parcheggio. Com'era prevedibile, era una giovane coppia che scese e iniziò a sbaciucchiarsi. Si rintanarono in macchina e lasciarono il parcheggio quando un SUV Lincoln entrò alle 22:37. Vidi il Lincoln iniziare a sobbalzare leggermente alle 23:05, e si divertirono fino a quando non se ne andarono alle 00:21.

Il parcheggio rimase tranquillo fino alle 2:08 del mattino, quando una delle auto più brutte mai prodotte, una Nissan Cube, entrò nel lotto. La Cube bianca avanzò lentamente nel parcheggio mentre io mi sforzavo di vedere se ci fosse qualcun altro oltre al conducente. Misi in pausa il nastro. Sembrava che alla guida ci fosse un uomo con un berretto da baseball, ma non riuscivo ancora a capire se fosse solo.

La Cube si diresse verso l'angolo sinistro del parcheggio e scomparve dal filmato, fuori dal campo visivo della telecamera. L'indicatore temporale sul video continuava a scorrere, ma non c'era niente da vedere. Imploravo che qualcosa spuntasse fuori da quel grigiore. Finalmente, alle 2:41, la Cube riapparve e si diresse fuori dal parcheggio. Rallentai il video mentre il lato del passeggero entrava nell'inquadratura. Sembrava che qualcuno, o qualcosa, potesse essere seduto sul sedile del passeggero, ma era impossibile dirlo con certezza.

Riavvolte il video per leggere il numero di targa mentre la Cube entrava. La dannata targa non era leggibile. Fermai il nastro e ingrandii l'immagine. Tutto ciò che riuscii a decifrare furono le ultime tre cifre: 7KW. Le annotai e andai avanti.

Il video a scatti non mostrò nulla fino alle 4:28 del mattino, quando una Ford Focus bianca, o forse argento, entrò, parcheggiando vicino all'ingresso. Un ragazzo che stimai sulla trentina scese, si appoggiò alla macchina e si accese una sigaretta. Fece un paio di tiri e la gettò tra i cespugli. Ma che problemi ha la gente? Avrei voluto torcere il collo a quel cretino mentre si allontanava.

Presto il parcheggio fu inondato dalla luce del giorno e una parata di escursionisti e amanti del sole iniziò a riversarsi con tutta la loro attrezzatura. Il parcheggio si svuotò mentre mandavo avanti veloce fino alle 17:00, dove misi in pausa per andare in bagno.

Feci un'altra telefonata a Kayla, ma mi rispose la sua segreteria. Dopo aver lasciato un messaggio, presi un caffè e un bagel dalla cucina e tornai a sedermi alla scrivania. Alle dieci di sera, gli amanti cominciarono ad arrivare a Clam Pass. Alcuni facevano passeggiate, altri, be', chi poteva sapere cosa succedeva dentro quelle macchine? C'erano sempre due auto nel parcheggio fino all'1:09 del mattino, quando si svuotò. Alle 2:31 entrò una di quelle Chrysler PT Cruiser.

Non entrò di muso, ma parcheggiò di traverso su un paio di posti vicino all'ingresso. Scesero due tizi e aprirono il portellone posteriore. Mi avvicinai allo schermo mentre tiravano fuori quello che sembrava un grosso sacco di plastica nera. Gli uomini trasportarono il sacco, che pareva pesante, e si diressero lungo la passerella.

Che diavolo c'era in quel sacco? Di che colore era l'involucro in cui avevano trovato Gabelli?

Riavvolto il nastro, presi nota della targa, che era visibile mentre entravano, e afferrai il fascicolo del caso. Sfogliandolo, ebbi la conferma che Gabelli era stato avvolto nella plastica nera. Ciò che mi confondeva era che c'erano due uomini. Di solito, quando più di una persona è coinvolta in un omicidio, si tratta di criminalità organizzata o di bande. Non avevamo visto prove che gli allibratori di Gabelli avessero a che fare con la sua scomparsa, ma li avevamo forse scagionati troppo in fretta? Era questo un altro dei miei scivoloni?

41

LUCA

SORSEGGIANDO UN CAFFÈ, MI DIRESSI VERSO IL MIO UFFICIO sentendomi uno schifo. Erano quattro giorni di fila che dormivo di merda. Gli incubi erano tornati dopo una pausa insolitamente lunga, per la quale ero stato grato.

Ero sempre stato perseguitato da incubi che riguardavano il ragazzo Barrow, ma non si erano mai presentati più di una volta ogni paio di settimane e mai per più giorni consecutivi. Perché quell'improvvisa escalation? Non bastava avere il cancro, pisciare come una femminuccia e dover prendere il Viagra?

A rendere le cose ancora più inquietanti era una nuova, sconvolgente svolta. Ora le inquietanti visioni mi vedevano protagonista in terza persona.

In passato, quasi ogni incubo su Barrow che mi tormentava vedeva il ragazzo impiccato nei posti più disparati. Il più delle volte era sospeso nella sua cella, ma compariva anche nel mio armadio, in garage, nel frigorifero, persino nel mio ufficio. Era sempre la stessa scena: Barrow che si torceva leggermente, con i piedi puntati a sud, il mento sul petto, le spalle curve e gli occhi sbarrati che mi trapanavano con lo sguardo.

La nuova versione, relativa al mio primo caso, che mi impediva di dormire, aveva due varianti. Nella prima, ero sdraiato su un letto d'ospedale con le tende tirate. Entravano due medici e mi dicevano che il cancro era tornato e che mi rimanevano solo pochi giorni di vita. Quando cercavo di fare delle domande, aprivano le tende, rivelando un Barrow di dimensioni gigantesche appeso a dei tubi a vista. L'enorme Barrow urlava stridulo di essersi finalmente vendicato di me.

Ancora più spaventoso era quello che avevo sognato nelle ultime due notti. In quegli incubi, andavo nello studio del mio oncologo per una visita urgente, ma non riuscivo a entrare perché la sala d'attesa era piena di decine di Barrow appesi al soffitto.

Spaventato all'idea di perdere l'appuntamento, cominciavo a urtare i corpi, facendomi strada a fatica tra i cadaveri appesi fino a una spoglia sala visite. Non c'era nessun posto dove sedersi o farsi visitare e iniziavo a farmi prendere dal panico. Cercavo di andarmene, ma la porta spariva non appena afferravo la maniglia. Quando mi lasciavo cadere a terra, appariva un medico che mi diceva che il cancro si era diffuso. Quando gli chiedevo cosa si potesse fare, scuoteva la testa e indicava un punto. Una porta si materializzava. Il medico mi faceva passare, conducendomi in una stanza piena di bare vuote. Quando mi chiedeva quale volessi, in ciascuna delle bare c'ero io, nudo e disteso.

Dovevo trovare un modo per scrollarmeli di dosso, pensai, mentre facevo un cenno a Vargas e mi sedevo.

«Hai una faccia terribile, Frank.»

«Grazie.»

«Che succede?»

«Niente.»

«Non dirmi che non è niente. Che sta succedendo?»

«Ho solo problemi a dormire, tutto qui.»

«Troppi pensieri per la testa?»

«Faccio solo dei sogni assurdi.»

«Raccontami. Mia nonna era greca. Mi ha insegnato un bel po' di cose su come interpretare i sogni.»

«Non significano niente. Sono solo cose a caso messe insieme alla rinfusa.»

Lei scosse la testa. «Non potresti essere più lontano dalla verità.»

«Andiamo, Vargas, sono solo fesserie. Allora spiegami perché, mettiamo caso, vedi di sfuggita una persona che non vedevi da un po', ma poi ti distrai e te ne dimentichi. E puntualmente, quella notte te la sogni.»

«Ci sono due tipi diversi di sogni. A tutti capita quella cosa. Quello che stai vivendo tu, gli incubi ripetuti e angoscianti, è totalmente diverso. Qualcosa li sta scatenando.»

Che avesse ragione? «E così adesso fai la strizzacervelli?»

«Sto solo cercando di aiutarti a dormire un po', tutto qui. Perché non ne parliamo?»

La fissai in silenzio e presi un sorso di caffè.

«Dai, che ne dici, Frank? Non può farti male.»

Se solo sapesse. La storia di Barrow faceva male, eccome. Non sapevo cosa fare. Sapeva ascoltare, ma le piacevano anche sciocchezze come gli oroscopi. A parte JJ, non ne avevo mai parlato con nessuno. Io e JJ eravamo grandi amici. Condividevamo cose che i ragazzi di solito non si dicono, e non era mai trapelato nulla.

Ma Vargas sapeva tenere la bocca chiusa. Lo aveva dimostrato, e le importava davvero di me. La consideravo una vera amica. So che è un pensiero contorto, ma il fatto è che la maggior parte degli uomini non è amica delle donne. In genere, cercano solo di portarsele a letto. A volte, trovavo Vargas attraente, ma più la conoscevo, più apprezzavo la brava persona che era.

Quando mi ero ammalato di cancro, la preoccupazione di Vargas era stata genuina, e non mi aveva propinato quelle stronzate da macho che la maggior parte dei poliziotti tira fuori quando un collega è nei guai.

«Ehi, Frank, ci sei?»

«Uh, scusa, stavo solo pensando.»

Vargas si avvicinò alla mia scrivania con la sedia.

Dissi: «Non ora, Mary Ann.»

«Sei sicuro, Frank?»

«Sì.»

«Devi sfogarti.»

«Lo so. Senti, ne parleremo un'altra volta. Okay?»

«Come vuoi. Frank, non sono io quella che ha gli incubi.»

———

RIAGGANCIAI il telefono e mi appoggiai allo schienale della sedia, scuotendo la testa. Non solo ero fisicamente esausto, ma ero stanco di sbattere contro un muro. La pista della PT Cruiser si era rivelata nient'altro che due anime pie accampate sulla spiaggia per proteggere i nidi delle tartarughe marine. Ve lo assicuro, non ho nulla contro le tartarughe e penso che l'impegno per proteggere i loro nidi sia una buona cosa. Anzi, trovo che le tartarughine siano carine. Tuttavia, mi pareva stessimo un po' esagerando a intrometterci per assicurarci che raggiungessero il golfo prima che qualche uccello se le pappasse per cena. E gli uccelli? Non devono mangiare anche loro?

Forse questo caso non si risolverà mai. Forse tra vent'anni un annoiato detective della Contea di Collier passerà la sua giornata a spulciare questo caso irrisolto. Mi sembrava probabile, e la cosa mi faceva incazzare. Era il momento di prendersi una pausa.

Prendere le distanze sembrava funzionare con me. Non sempre, ma a volte le cose ti si palesano quando non sei immerso fino al collo in un caso. Per questo detective era giunta l'ora di rispolverare una vecchia pratica.

Mi alzai e trascinai una scatola di fascicoli, passando la mano sugli archivi. Ambarabà ciccì coccò. Ne sfilai uno e iniziai a leggere.

Mentre ero a metà delle carte che documentavano l'indagine sull'omicidio di Boris Laskin, un tirocinante bussò alla porta e mi porse un rapporto.

Era il rapporto della motorizzazione sulle targhe che avevo richiesto per la Cube. Lo buttai nella vaschetta della posta in arrivo e tornai al caso Laskin. Un riferimento nel caso a un'auto rubata mi fece fermare e afferrai il rapporto della motorizzazione.

Due pagine di numeri di targa, e i nomi a cui erano intestate, mi sorpresero. Così tanta gente voleva una Cube? E per di più bianca? Forse avevano limitato la scelta dei colori. Ciò avrebbe richiesto un'enorme quantità di controlli. Magari potevamo farli sbrigare agli agenti in divisa. Girai la prima pagina e il cuore cominciò a battermi all'impazzata.

42

STEWART

Lo vidi dalla finestra della cucina; era di nuovo quel dannato detective. Scesi le scale, tirai fuori l'inalatore, feci un tiro e aprii la porta.

«Oh, salve, detective Luca. Cosa posso fare per Lei?»

«Avrei un paio di domande da farLe. Posso entrare?»

Col cazzo che puoi entrare. «Certo.»

Si sedette sulla stessa sedia della prima volta, ma stavolta non gli offrii nulla. Non paga essere gentili con gente come loro.

«Possiede una Nissan Cube bianca del 2010?»

«No.»

Il detective tirò fuori un documento dalla tasca e lo aprì. «Davvero? Beh, questa è una copia del libretto di circolazione.»

«Ne possedevo una, ma l'ho venduta.»

«Non è il momento di fare giochetti, signor Stewart.»

Fottiti, Luca, hai chiesto se ne possiedo una. «Forse dovrebbe essere più chiaro quando fa le domande.»

Il detective non ne fu felice. Mi fissò un po' troppo a lungo, poi disse: «Va spesso a Clam Pass?»

«Mi piace la spiaggia lì, ma non ci vado quanto vorrei. E poi, credo che Vanderbilt sia più bella.»

«Intende di notte?»

«Non so di cosa stia parlando, detective.»

Il bastardo frugò di nuovo in tasca. Ma che era, un mago?

«Questa è una foto della sua Cube mentre entra a Clam Pass nel cuore della notte il primo maggio.»

Guardai la foto grigia e sgranata e dissi: «È contro la legge?»

«No, ma coincide perfettamente con il giorno in cui il Suo migliore amico è scomparso.»

Sorrisi. «Oh, ho capito, quindi ora pensa che io abbia portato lì il corpo di Phil e abbia gettato il mio migliore amico in acqua.»

«Cosa ci faceva lì quella notte?»

«Non ero io. Ho prestato la macchina a un vicino.»

Luca gettò la testa all'indietro e ridacchiò. Quel presuntuoso figlio di puttana disse: «E come fa a ricordarselo?»

«È facile, detective Luca, è la notte in cui il mio migliore amico al mondo è scomparso. Ho un ricordo cristallino di quella notte.»

«Capisco. E chi è il vicino a cui dice di aver prestato la macchina?»

«Non ho solo *detto* di avergliela prestata, gliel'ho *davvero* fatta usare. Lenny Nership, vive proprio dall'altra parte della strada. Può andare a chiederglielo.»

«Mi creda, lo farò.»

Accidenti, stavo iniziando a odiare davvero questo tizio. «Faccia pure.»

«Qual è il suo indirizzo?»

«Non lo so, ma non è quello direttamente di fronte a me, bensì quello a sinistra. L'appartamento al piano di sotto.»

«Perché ha venduto la macchina?»

«Cosa, vendere un'auto è un crimine di questi tempi?»

«L'ha data in permuta o l'ha venduta privatamente?»

«Data in permuta.»

«Dove?»

«Può risparmiare un sacco di tempo andando semplicemente da Lenny.»

«Dove è stata data in permuta?»

Questo Luca era pignolo e mi stava facendo salire il nervoso molto in fretta. Stavo pensando di dargli il nome di un concessionario Lexus o qualcosa del genere per prenderlo in giro, ma dissi: «Germain Honda, giù a Davis.»

Il detective prese nota. Sembrava sul punto di fare un'altra domanda, ma si alzò, si ficcò il taccuino in tasca e disse: «Per ora è tutto.»

Lo osservai dalla finestra. E infatti, si diresse dritto a casa di Lenny. Sapevo che Lenny non era in casa e sorrisi al pensiero che Luca avrebbe dovuto fare un altro viaggio. La prossima volta che si fosse fatto vivo non avrei aperto la porta. Dopotutto, a cosa mi era servito essere disponibile?

———

LA MATTINA SEGUENTE, presto, Lenny mi mandò un messaggio dicendo che Luca se n'era appena andato. Disse che il detective voleva sapere se avesse preso in prestito la mia Cube e che lui gli aveva detto di sì. Quando Luca gli aveva chiesto perché, aveva risposto che aveva un appuntamento e che la sua macchina era un rottame. E la cosa era finita lì.

Speravo che Luca mi avrebbe lasciato in pace, ora.

43

LUCA

Vargas mi diede un'occhiata e disse: «Che è successo?»

Scossi la testa. «Pensavo davvero che avremmo collegato Stewart a Clam Pass. Ma a quanto pare ha prestato la macchina a un vicino.»

«Davvero?»

«Sì, il vicino aveva un appuntamento e la sua macchina è un rottame, così ha usato la Cube di Stewart.»

«Beh, per un appuntamento ha senso andare a Clam Pass di notte.»

«Lo so, però il tipo era un po' strano.»

«Pensi che mentisse?»

«No, no. Voglio dire, era solo... strano, non so, come se avesse un leggero tocco di qualcosa, forse autismo.»

«Cosa? Adesso fai anche diagnosi di autismo?»

«No, non so come altro definirlo. Era il tipo di persona che avrebbe la macchina coperta di adesivi. Capisci cosa intendo?»

Vargas scosse la testa. «Sai, Frank, chiunque altro penserebbe che tu sia pazzo.»

«Io? Sei tu quella che crede a cose come l'oroscopo.»

«Non metterti sulla difensiva, Frank. Stavo cercando di dire che avevo capito cosa intendevi con il riferimento agli adesivi.»

«Davvero?»

«Sei troppo teso, collega. Ancora non dormi?»

Annuii.

«Penso di poterti aiutare, se solo ti aprissi un po'.»

Annuii.

«Parlami degli incubi.»

Vargas chiuse la porta e io mi aprii. Le parlai degli incubi ricorrenti con il giovane Barrow impiccato e della nuova svolta in cui morivo io.

«Sembrano terrificanti. Parlami del caso Barrow.»

Abbassai la testa. «È imbarazzante, Mary Ann. Non ti piacerà, ma fidati, ho imparato la lezione.»

«Frank, qui nessuno ti giudica. Sono la tua collega e un'amica.»

«Era il primo caso di omicidio in cui avevo un ruolo attivo. Era un caso di un certo rilievo, dato che la vittima era la nipote di un funzionario della contea. Lavorai al caso con un veterano, Bob Stone, a un anno dalla pensione. Pensavo che sarebbe stata una vera esperienza formativa, lavorare con un veterano, ma fu quasi l'esatto contrario.

Questa povera ragazza fu strangolata con una corda e trovata nel bosco di un parco a meno di un miglio da casa sua. Subito l'attenzione si concentrò sull'ex fidanzato, un ragazzo di nome Dominick Barrow. Si erano lasciati appena due settimane prima che lei fosse trovata morta. La ragazza aveva messo fine a una relazione di un anno, distruggendo Barrow.»

Bevvi un sorso d'acqua e continuai.

«Data la relazione, sapevo che il ragazzo era un sospettato

principale, ma Barrow non aveva precedenti e non avevamo prove forensi. Lo interrogammo e non ottenemmo nulla, a parte l'ammissione che fosse sconvolto per la fine della storia.

Ma lo cogliemmo in una bugia. Disse di non essere stato neanche vicino al parco il giorno in cui lei era scomparsa, ma le riprese di una telecamera a circuito chiuso lo mostravano mentre usciva dal parco. Non seppe spiegarlo e non cambiò mai la sua versione. La cosa mi preoccupava, ma quando insistetti con Stone per ampliare la ricerca ad altri sospettati, non se ne fece nulla.

Una perquisizione a casa di Barrow portò alla luce una corda che, secondo il medico legale, poteva essere l'arma del delitto. Il problema per me era che non c'erano prove forensi per collegarla al corpo. Stone era irremovibile, però, disse che il ragazzo poteva aver tagliato la parte che aveva usato o aver comprato due corde.»

«Mamma mia, sembrava un'ipotesi fragile.»

«Lo era, ma i pezzi grossi spingevano per chiudere il caso, sostenendo di subire pressioni dai consiglieri comunali, perché così si chiama la città, Freehold, e quando un ragazzo spuntò dal nulla a dire che Barrow aveva strangolato un gatto randagio poco tempo prima, per Barrow fu la fine.»

«Che successe?»

«Sapevo che non avevamo abbastanza. Sentivo che erano meno di prove indiziarie. Anche se il ragazzo avesse strangolato un gatto, è disgustoso e crudele, ma uccidere un altro essere umano è un salto enorme. Stone voleva arrestare il ragazzo, ma io dissi che era troppo presto e che ci serviva di più. Un attimo dopo, mi ritrovo Stone e il capitano, quel bastardo di nome Kilihan, a mettermi alle strette, chiedendomi se fossi uno che fa gioco di squadra o no. "Che c'è da perdere ad arrestarlo? Magari confessa", mi dicono. Così, contro il mio buon senso, accetto di dare il mio consenso.» Scossi la testa e dissi: «Beh, arrestiamo questo povero ragazzo, e lui si impicca la prima notte in cella.»

«Oh, Gesù.»

«Lo so, e c'è di peggio. Ovviamente i genitori ci incolparono per la morte del figlio, che a loro dire era innocente, e meno di tre mesi dopo qualcuno confessò l'omicidio.»

«Questa è dura, collega.»

«A chi lo dici.»

«È del tutto comprensibile che tu sia sopraffatto dal senso di colpa, ma devi contestualizzare. Non è stata solo una tua decisione.»

«Sì, ma avrei potuto evitarlo.»

«Ricorda che eri un novellino, Frank. Non avevi alcuna influenza.»

«Sarei potuto andare dalla stampa.»

Vargas scosse la testa. «Non l'avresti fatto. Non potevi rischiare il collo fino a quel punto. Sarebbe stata la fine della tua carriera.»

«Forse.»

«Niente forse. Hai avuto un ruolo, uno marginale, Frank, ma se non fossi stato al gioco, credi onestamente che non avrebbero portato dentro il ragazzo? Sii indulgente con te stesso. E, già che ci sei, non dimenticare che il ragazzo non si è aiutato per niente con quell'alibi fuorviante.»

Feci spallucce. Aveva ragione, ma ci avevo rimuginato su un'infinità di volte. Dissi: «Ma non pensi che sia stato terribile stare al gioco?»

«Lascia che ti faccia una domanda. Se nessuno avesse confessato lo strangolamento, ti sentiresti meglio?»

«Certo.»

«Ma questo non significherebbe che sia stato il giovane Barrow a farlo, giusto?»

«Ma avremmo continuato a indagare.»

«Lo credi davvero? Se stavano incastrando il ragazzo, non avrebbe avuto scampo.»

«Sarebbe potuto saltar fuori qualcosa.»

«Puoi continuare a tormentarti per questa storia, ma non cambierà nulla. Accettalo, hai fatto un errore, ma la realtà è che, anche se avessi provato a opporti alle pressioni, il ragazzo sarebbe stato arrestato. Non ho alcun dubbio, e se fossi onesto con te stesso te ne renderesti conto anche tu. È ora di voltare pagina, Frank. È successo più di dieci anni fa.»

«Probabilmente hai ragione.»

«Hai subìto un'enorme quantità di stress, Frank. È del tutto normale fare sogni inquietanti, ma puoi aiutarti lasciando andare questo sfortunato caso. Promettimi che ci proverai.»

Annuii.

Mary Ann disse: «Ora, la visione del cancro che ritorna è tipica. È una paura naturale e, sebbene tu abbia un certificato di buona salute, è del tutto normale. Hai sfiorato la morte, e avresti avuto queste visioni anche senza il persistente senso di colpa per il caso Barrow. Ma non sarebbero state così intense. Da qualche parte nella tua mente, pensi di meritare di essere punito per il caso Barrow e che sia per questo che ti è venuto il cancro. Lo capisci, Frank?»

Dovetti rifletterci su. «Ha senso. Non avevo collegato le due cose.»

«Il cancro non puoi controllarlo, ma il senso di colpa sì. Ti è d'aiuto?»

Scattò qualcosa, non da smuovere le montagne, ma capii la

logica. «Più di quanto pensi. Grazie, Mary Ann. Lo apprezzo davvero.»

«Quando vuoi, quando vuoi. Senti, odio scappare, ma devo andare in tribunale.»

———

MARY ANN ERA ECCEZIONALE. Quello che aveva detto aveva perfettamente senso; aveva colto nel segno. Non c'era dubbio che avrei fatto del mio meglio per lasciar perdere il caso Barrow. Come minimo, lo dovevo a me stesso e a lei. Se lo meritava.

Mi chiedo perché non si sia mai sposata. Forse fare la poliziotta allontanava molti pretendenti. Era un peccato. Vargas era una donna dolce e comprensiva, ed era anche di bell'aspetto. Meritava qualcuno che sapesse apprezzarla, ma là fuori c'erano un sacco di squilibrati.

A proposito di squilibrati, il pensiero tornò a Stewart. Che enigma. Ripensai alla mia visita da lui, che continuava a tormentarmi. Anche se la faccenda dell'auto non aveva dato frutti, non c'era dubbio che a Stewart non fosse piaciuto vedermi alla sua porta. A dire il vero, tutte le persone, anche le più oneste, sono nervose in presenza di poliziotti. Ma Stewart? Mi era parso di poter sentire l'odore della sua paura.

Non era vestito in modo impeccabile come al solito e casa sua era in disordine. Eppure mi ero presentato senza preavviso. Forse era come tutti gli altri e riordinava solo quando aspettava visite. Ma il modo in cui aveva taciuto le informazioni mi puzzava di protezione verso qualcuno. La candidata più probabile era Robin, ma non la vedevo più come un'assassina.

Mi sentivo un po' incazzato con me stesso per aver insistito sulla teoria che lei e Phil avessero pianificato tutto per riscuotere i soldi dell'assicurazione. Quella teoria era implosa quando il corpo gonfio di Gabelli era stato ripescato da Clam Pass. L'ipotesi del complotto era andata in fumo, ma ciò non significava che lei non avesse nulla a che fare con la morte di suo marito. Sul suo conto in banca c'erano tre milioni di dollari di movente. In più, aveva un sacco di problemi coniugali.

44

LUCA

A VOLTE DEVI INSEGUIRE LE COSE COME UN FORSENNATO, E altre volte ti piovono semplicemente addosso. Terminai la telefonata e riattaccai.

«Non ci crederai, Vargas, ma era Goren.»

«Chi?»

«Il tizio che possedeva quell'impresa di costruzioni, la Simmons Construction, per cui lavorava Gabelli.»

«Ah, sì, era un viscido. Mi ha quasi sbavato dietro quando sono andata a trovarlo.»

«Oh, allora ho qualcosa in comune con lui?»

Vargas sorrise e mi parve di notare un leggero rossore sulle sue guance.

«Comunque, ha detto che hanno scoperto quella che, secondo lui, sembra una frode su un contratto di cui era responsabile Gabelli.»

Vargas si sporse in avanti. «Pensano che rubasse?»

«Pare di sì. Goren ha detto che Gabelli ha autorizzato un bonifico per un progetto che stavano realizzando alle Barbados, destinato a un beneficiario con un nome abbastanza simile da passare inosservato. Hanno seguito i soldi e, non appena il bonifico è arrivato, è stato dirottato su un'altra banca a Saint Martin prima di finire in una banca alle Cayman, dove è sparito.»

«Di che cifra stiamo parlando?»

«Seicentomila.»

«Seicentomila sono un sacco di soldi. Come mai c'è voluto così tanto perché la cosa venisse a galla?»

«Ha detto che si trattava di un progetto a lungo termine per più edifici, in corso da un paio d'anni, e quando questo è finito un appaltatore ha detto che c'era un saldo dovuto.»

«E adesso?»

«Stanno facendo una revisione contabile, ma questa potrebbe essere la falla che cercavamo.»

«Senza dubbio.»

«Gabelli aveva un'ottima ragione per darsela a gambe, specialmente se scoprono qualcos'altro.»

Vargas annuì. «Oppure rubava per coprire i suoi debiti di gioco.»

«Non so, potrebbe aver coperto le perdite sapendo che la cosa sarebbe venuta a galla e se l'è filata prima che succedesse.»

«Plausibile.»

Dovetti concordare. «Sì, è decisamente una possibilità, ma mi servono più informazioni prima di escludere che abbia preso i soldi e se la sia svignata, magari anche con un'altra delle sue amichette.»

«Pensi che stesse mettendo a segno la frode con qualcun altro e, quando è arrivato il momento di dividere i soldi, Gabelli si è tirato indietro?»

Annuii. «O si è giocato i soldi. Non li aveva e alla fine l'hanno fatto fuori.»

Il mio cellulare vibrò. Era Kayla. Uscii e risposi: «Pronto.»

«Frank, ciao, sono Kayla.»

«Ehi, come stai?»

«Io bene, ma tu come ti senti?»

«Al centocinquanta percento. È tornato tutto alla normalità.»

«È fantastico. Cos'è successo?»

«Ho dovuto subire un'operazione, avevo un paio di piccoli tumori nella vescica, pensa un po'.»

«Oh, mio Dio. Deve essere stato spaventoso per te.»

«Diciamo che non avevo bisogno di questa sceneggiata, specialmente nel bel mezzo del mio primo appuntamento con sai-chi.»

«Ho chiamato per sapere come stavi, sai.»

«Grazie, me l'ha detto la mia collega. Volevo chiamarti, ma non avevo il tuo numero, e la situazione era a dir poco folle.»

«Ma ora va tutto bene?»

«Assolutamente. Sono stato fuori combattimento per un paio di mesi. Stavo impazzendo senza niente da fare.»

«Io sarei andata in spiaggia tutti i giorni.»

«Ci sono andato abbastanza spesso, ma, comunque, c'è voluto un po' per trovare il tuo numero. Saresti una brava spia.»

Quando rise, la sua risata mi sembrò musica. «Ma no.»

«Sarebbe bello rivederci. E poi, ti devo ancora una cena. Per caso hai in programma di tornare da queste parti?»

«Mi piacerebbe molto, ma al momento sto aiutando i miei genitori. A mio padre hanno tolto un polmone.»

«Mi dispiace sentirlo. Come sta?»

«Ora abbastanza bene. È stato operato circa quattro mesi fa e stava bene, ma ha sviluppato una brutta infezione ed è dovuto essere ricoverato di nuovo. Poi è stato in riabilitazione per un po', ma ora sta iniziando a riprendersi.»

«Deve essere dura per tua madre.»

«Lo è. Mio padre faceva tutto, e ora mamma si fa in quattro per coprire ogni cosa mentre lavora a tempo pieno.»

«Beh, fai la cosa giusta a essere lì per loro.»

«Sono felice di aiutarli. Ma non ti nascondo che a volte mi viene da urlare.» Rise.

«Lo immagino.»

Chiacchierammo del tempo, del suo lavoro e poi dei casi a cui stavo lavorando, prima di avviarci alla conclusione della telefonata.

«Ho usato tutte le ferie, e anche di più, con l'operazione e tutto il resto, ma magari faccio una scappata da te per un fine settimana.»

«Sarebbe bello.»

«Fantastico. Magari tra un paio di settimane, andrebbe bene per te?»

«Mi piacerebbe tantissimo, ma aspettiamo che le cose si calmino con mio padre. Mi dispiacerebbe se venissi fin qui e io fossi impegnata con loro.»

«D'accordo.»

45

LUCA

Robin non sembrò sorpresa di vederci, cosa che mi lasciò perplesso mentre ci accomodavamo su delle sedie girevoli. Stavolta non era civettuola. Era perché c'era Vargas o aveva solo giocato con me?

Disse: «Avete qualcosa da dirmi su Phil?»

Vargas disse: «Abbiamo qualche domanda su suo marito e sul lavoro che faceva».

«Il suo lavoro? Che c'entra con il suo omicidio?»

Dissi: «Sapeva che suo marito era coinvolto in una truffa ai danni del suo datore di lavoro?»

Le si afflosciarono le spalle. «Phil rubava?»

Vargas disse: «Non ne sapeva nulla?»

«Certo che no! Non capisco. Che cosa stava succedendo?»

Dissi: «Phil gestiva il progetto Sweet Bay per la Simmons. Un grosso pagamento, da lui personalmente richiesto, è stato effettuato e trasferito su un conto non collegato all'appaltatore».

«Non sono sicura di capire. Perché la Simmons avrebbe dovuto trasferire del denaro a una parte terza?»

Vargas disse: «Il denaro è stato inviato a un conto Sweet Bay, ma non aveva nulla a che fare con il progetto che lui gestiva. Sembra che lui, e crediamo un complice, abbiano aperto un conto con un nome molto simile, in questo caso Sweet Bay LLC invece di Sweet Bay Resort».

«Di quanti soldi stiamo parlando?»

«Seicentomila dollari» dissi.

Trasalì. «Seicento milioni?»

Dissi: «No, seicentomila».

«Oh, quando ha detto "dollari" pensavo...»

Ribattei: «Dalle mie parti, seicentomila dollari sono un sacco di soldi».

Vargas disse: «Non sono molti rispetto a tre milioni, vero?»

«Cosa vorrebbe insinuare?»

«Niente, stavo solo tirando in ballo i soldi dell'assicurazione».

«Quello non c'entra niente con...»

«Signora, torniamo ai soldi che, a quanto pare, sono stati rubati dal marito di Robin».

«È sicuro che Phil fosse coinvolto?»

Dissi: «Temo non ci siano dubbi. Ha ordinato lui il bonifico. I soldi non sono rimasti nella prima banca che per un battito di ciglia. Poi sono rimbalzati in almeno altre tre istituzioni prima di sparire nelle Isole Cayman».

«Qualcuno potrebbe aver fatto sembrare che fosse stato lui a richiedere il bonifico».

Dissi: «Vero, ma il suo nome era su un conto, alla Royal Bank of Scotland alle Barbados, se non erro. Non ci sono Philip Gabelli alle Barbados. E il conto è stato aperto a distanza da una filiale di Fort Myers. Non è una coincidenza, signora, la chiamiamo prova».

Robin si accasciò ulteriormente sulla sedia, ma rimase in silenzio.

Vargas disse: «È a conoscenza di qualche conto che suo marito potrebbe aver avuto in una banca o in una cooperativa di credito?»

«Nessuno che io sappia».

Dissi: «Le viene in mente qualcuno che potrebbe essere stato coinvolto con suo marito in questa faccenda?»

«Ancora non riesco a credere che l'abbia fatto, figuriamoci che qualcuno lo abbia aiutato».

«Sappiamo che a Phil piaceva giocare d'azzardo e che si era cacciato in un paio di guai, finendo per dovere dei soldi alle persone sbagliate».

«Tutto quello che doveva fare era venire da me, come aveva fatto in passato».

Dissi: «Ma non ha detto a Dom Stewart che era stufa di tirare Phil fuori dai casini con il gioco d'azzardo?»

«Crede che mi piacesse dare i miei sudati guadagni a un allibratore per coprire le sue perdite? Certo che ero furiosa, ma questo non significa che non l'avrei aiutato».

Dissi: «Forse aveva la sensazione che non l'avrebbe fatto. Forse gli allibratori gli stavano facendo pressione. Forse non aveva nessuno a cui rivolgersi e la pressione lo ha spinto a rubare».

«Quindi è colpa mia?»

Vargas disse: «Non è quello che sta dicendo».

Chiesi: «Cosa pensa che sia più probabile, che abbia rubato i soldi per pagare un debito di gioco, o che li abbia rubati e li volesse usare per iniziare una nuova vita da qualche altra parte?»

«Non so più cosa pensare. È una follia: scompare, viene

trovato morto e adesso questo? Pensate davvero che sia stato lui?»

Dissi: «Sembra proprio di sì».

«Beh, posso assicurarLe che non ne avevo idea e trovo difficile crederci. Deve esserci una spiegazione».

Dissi: «Continueremo a indagare su questa faccenda».

————

RISALIMMO IN MACCHINA.

«Che quartiere, Vargas. Vedi quella bianca a sinistra? È la mia preferita».

«Le case sono belle, ma questo posto non mi piace».

«Perché?»

«Non so, non ci sono marciapiedi e ha un'aria un po' antiquata».

«Saresti una buona agente immobiliare, forse quando andrai in pensione».

«No, grazie».

Quando imboccammo Pine Ridge, dissi: «Non lo so, Vargas. I conti non tornano. Lui ruba i soldi, o almeno è quello che pensiamo».

«Come puoi dirlo? C'è il suo zampino dappertutto».

«Vero, quindi diciamo che organizza la truffa. Ruba i seicentomila per coprire un debito di gioco o per fuggire su qualche isola dei Caraibi».

«Esatto».

«E allora come finisce in fondo a Clam Pass?».

«Prende i soldi, salda il debito, fa incazzare la malavita e quelli lo fanno fuori».

«Nah. Gabelli per loro era un bancomat. Per cifre come seicentomila, gli avrebbero mandato una limousine».

«Ok, allora prende i soldi e qualcuno non collegato agli allibratori lo viene a sapere, e questo porta al suo omicidio».

«Non me la bevo, la storia del gioco. Avremmo sentito qualcosa se avesse avuto un debito di seicentomila con Fingers. E non dimenticare che, se il debito fosse stato ancora in sospeso, se la sarebbero presa con la mogliettina».

«E allora perché ha rubato i soldi?».

«E se i soldi non c'entrassero niente?».

«Certo che c'entrano».

«Se non altro, stava pianificando di sparire. Il che ha un certo senso, visto che prima o poi il furto sarebbe venuto a galla. A meno che non avesse un modo per tenerlo nascosto».

«Queste cose vengono sempre a galla. È per questo che molte aziende obbligano i dipendenti a prendersi due settimane di ferie consecutive».

«E se qualcun altro avesse fatto sembrare che Gabelli avesse rubato i soldi? Com'è che questa storia è saltata fuori non appena Gabelli è finito al fresco?».

«Mmmh. Questo è un ragionamento fuori dagli schemi, Luca, ma mi piace come fila. Ha senso».

Forse, dopotutto, non mi stavo rammollendo.

Dissi: «Senza dubbio i soldi sono un elemento interessante, e ho dato la caccia a un sacco di farabutti per molto meno di seicentomila verdoni, ma forse il denaro non ha nulla a che fare con questa storia».

«Ma dici sempre che nel crimine non esistono coincidenze e che si chiamano prove».

«Mi fa piacere che tu stia attenta, Vargas, ma i soldi sono la prova di un furto, non di un omicidio».

46

STEWART

«*UNA VISIONE SENZA AZIONE È UN SOGNO AD OCCHI APERTI. Un'azione senza visione è un incubo.*» - *Proverbio giapponese*

FECI un altro tiro dal mio nebulizzatore.

Non so cosa mi sia preso. Quella stronza mi stava davvero mandando fuori di testa. Devo cambiare le carte in tavola, abbandonare il piano originale. Sapere che il signor Bellimbusto si è fermato a casa sua mi fa imbestialire da morire. Per l'intero stramaledetto weekend.

Sarò passato di lì, cosa, dieci, dodici volte? E ogni volta mi agitavo sempre di più. Perché ho continuato ad andarci? Se solo me lo fossi tolto dalla testa, le cose non sarebbero degenerate. Voglio dire, chi è che apre la porta a petto nudo? Mi ha spiazzato e quando Robin è comparsa sulla soglia con la camicetta mezza sbottonata, ho davvero perso le staffe.

Così non andava bene. Stavo sprecando tempo. La vita mi scorreva tra le dita e io ero ancora bloccato in una vecchia villetta a schiera. Quella citazione era giusta: «Non potrai mai trovare la felicità se non vai avanti».

Era arrivato il momento di dare una smossa alle cose con Melissa? Così sembrava. Ma avevo investito un sacco di tempo in questa storia e c'era ancora una cosa che dovevo tentare prima di lasciar perdere.

———

NON ERO un amante dei cani. Per niente. Corrono fuori e poi ti saltano sui mobili. Una follia. Possono sporcare tutto e c'è persino chi li lascia dormire sul letto. Non se ne parla nemmeno, finché campo io.

Robin, lei adora i cani, ne ha sempre voluto uno, ma Phil no. Vedete, io e Phil la pensavamo allo stesso modo su un sacco di cose. Per questo eravamo pappa e ciccia. Quella dei cani era solo un'altra situazione in cui eravamo allineati come soldati.

Phil respinse i tentativi di Robin di prendere un cane almeno una dozzina di volte, da quello che mi disse. Lei lo martellava soprattutto quando lui era sulla difensiva per via delle sue scappatelle. Come per i figli, Phil non voleva avere più legami del necessario.

Iniziai a navigare su Internet, sapendo che se doveva essere un cane, doveva essere piccolo e, di sicuro, uno che non perdesse il pelo. Forse si poteva addestrare a fare i suoi bisogni in casa, così sarebbe rimasto pulito. Quello sarebbe dipeso da Robin, ma avrei dovuto influenzare la sua scelta. Optai per un maltese. A Robin piacevano e a me sembravano i più carini.

L'allevatore si trovava molto a est, dalle parti di Pine Ridge Road, e aveva tre diverse cucciolate di maltesi tra cui scegliere. Le varietà teacup erano le più piccole, ma non avevo intenzione di pagare il sovrapprezzo, così scelsi una palla di pelo bianca di due settimane.

Era super delicata e stava nel palmo della mia mano. Quando uscii di lì, avevo speso più di milleseicento dollari su due carte e dovevo ancora comprare un trasportino e tutto l'armamentario per cuccioli.

Misi un telo di plastica e poi un asciugamano sul sedile anteriore e il cucciolo si addormentò durante il viaggio. Non emise un guaito e sembrava così tranquillo. Il mio umore migliorò. Questa si prospettava una delle mie idee migliori. Chiamai Robin e le dissi che dovevo vederla subito. Mi fece incazzare con il suo temporeggiare, ma alla fine accettò.

———

TENENDO il cucciolo contro lo stomaco, suonai il suo campanello. Robin aprì la porta indossando infradito rosa, una maglietta dei Beatles e pantaloncini, ma senza un sorriso. Le mostrai il cucciolo e lei disse: «Oh mio Dio, è così carino». Accarezzò il cucciolo e chiese: «Dove l'hai preso?»

«L'ho preso da un allevatore a est, ed è tutto tuo.»

«Come?»

«L'ho preso per te. So che hai sempre voluto un cane, ma Phil non te lo permetteva.»

Mi restituì il cucciolo. «Ma io, io non posso accettarlo.»

«Non ti preoccupare, è un regalo da parte mia.»

«Ma io non voglio un cane.»

Il cucciolo cominciò a guaire.

«Che vuoi dire? Hai sempre detto di volerne uno.»

«Lo so, ma non è il momento giusto.»

«È il momento perfetto. Ti farà bene.»

«Non posso prendermene cura.»

«Hai sempre detto di volere un cane, ma Phil ti ha impedito di prenderne uno, e ora ne hai uno.»

«Non posso prendermene cura. Non dimenticare che Phil aveva flessibilità durante il giorno. Poteva fare un salto a casa e prendersi cura di lei.»

«Ce la puoi fare.»

«Non voglio avere il vincolo di dovermi preoccupare di un cane. Non è giusto né per me né per lei.»

E andò avanti così. Non riuscivo a capire la sua resistenza e cominciammo a discutere. Ero stanco di cercare di fare la cosa giusta e vedermela tornare indietro come un boomerang. Non ce la facevo più a cercare di convincerla, così, con il cucciolo piangente nel palmo della mano, tornai a grandi passi alla macchina e guidai fino all'allevamento per restituire il cane. Come affronto finale, l'allevatore mi addebitò una «tassa di gestione» da cinquecento dollari per riprendersi il cucciolo.

47

LUCA

Ho DORMITO QUASI TUTTA LA NOTTE. SARÀ STATA LA chiacchierata con Mary Ann? Era da tanto che non ricordavo di dormire così, e mi sentivo fresco e riposato mentre sorseggiavo il caffè del mattino. Stavo leggendo una rivista di medicina legale quando mi squillò il telefono.

«Detective Luca? Sono Robin Gabelli.»

Era più formale di quanto l'avessi mai sentita.

«Buongiorno. Cosa posso fare per Lei?»

«Potrebbe non essere niente, ma è stato sconvolgente. Stanotte non sono riuscita a dormire.»

«Cosa La preoccupa?»

«Beh, ieri sera, era tardi, dopo le undici, e Dom è venuto a casa mia.»

«Stewart?»

«Sì, Dom Stewart.»

«Okay, cos'è successo?»

«Beh, avevo ospiti, un amico si fermava da me e Dom ha iniziato a sbraitare.»

«Un amico maschio?»

«Sì.»

«Stewart lo ha aggredito?»

«No, ma ero sicura che lo avrebbe fatto. Ha iniziato a imprecare e a minacciare.»

«Che tipo di minacce?»

«È proprio questo che volevo dirLe. Ha detto che avrebbe ucciso Michael proprio come ha fatto con quell'altro.»

«Un momento. Michael, l'amico che era da Lei?»

«Sì, è un amico del lavoro.»

«Stewart non ha messo le mani addosso né a questo Michael né a Lei?»

«No. Urlava e basta. È stato spaventoso e, quando ha detto che l'avrebbe ucciso come ha fatto con quell'altro, sono rimasta paralizzata. Pensa che si riferisse a Phil? Erano amici, non può essere, o sì?»

«A volte la gente dice certe cose solo per fare effetto. Non significa che siano vere.»

«No, no, questo era diverso. Era come il male personificato. Glielo assicuro, lo conosco da tanto tempo e mi ha fatto venire i brividi.»

Avrei voluto dire: intende dire che il tizio con cui è saltata a letto ora Le fa venire i brividi? Ma chiesi: «Cosa ha pensato il Suo amico della minaccia?»

«Pensa che Dom sia completamente instabile e che probabilmente sia colui che ha ucciso Phil.»

«Cosa lo rende così sicuro?»

«Non è la prima volta che Dom lo minaccia.»

«Non ha mai denunciato un incidente precedente.»

«Sul momento non pensavo fosse una cosa tanto grave. Vede, Dom ha sempre voluto una relazione con me. So che è colpa mia per quella volta. Ma qualche mese fa, ero fuori con

Michael al Brio di Waterside e Dom ci ha visti, e dire che non era felice è un eufemismo.»

«È passato alle mani?»

«No, non proprio. Dom se la stava prendendo con me e, quando Michael gli ha chiesto di lasciarci in pace, gli ha puntato un dito contro il petto e ha detto qualcosa tipo che ci avrebbe spazzato il pavimento se non si fosse fatto gli affari suoi.»

«Com'è finita?»

«Uno dei parcheggiatori è intervenuto e Dom se n'è andato borbottando tra sé e sé, come un completo pazzoide.»

«Potrebbe essere il momento di ottenere un ordine restrittivo.»

«Così che non possa avvicinarsi a me?»

«Potrebbe provare a ottenerlo, ma sarebbe più facile almeno averne uno per tenerlo lontano da casa Sua.»

«Non può arrestarlo? Ha detto di aver ucciso qualcuno e potrebbe trattarsi di Phil.»

«Abbiamo bisogno di più di un semplice sentito dire.»

«Non è un sentito dire. L'ha sentito anche Michael. L'abbiamo sentito entrambi. Se l'avesse visto ieri sera, non la starebbe prendendo alla leggera.»

«Non la sto prendendo alla leggera, ma dire certe cose non è un reato, anche se sono folli.»

«Non crede che l'abbia fatto?»

«Non è una questione di credere, abbiamo bisogno di prove.»

«Ma ha detto di aver ucciso qualcuno.»

«Lo capisco, ma potrebbe aver cercato solo di intimidire il Suo amico.»

«Quindi è questo che pensa, che fosse intimidazione?»

Dovevo riprendere il controllo. «Un attimo, signora

Gabelli. Al momento, non esiste alcuna base legale per portare qui Stewart. Tuttavia, può stare certa che questa informazione verrà presa in considerazione, come tutte le altre. Ora, penso che Lei dovrebbe valutare seriamente la possibilità di ottenere un ordine restrittivo. Se decidesse di richiederlo, sarei lieto di contattare l'ufficio del procuratore e fornire i dettagli del caso a Suo nome.»

48

LUCA

MI ERO OCCUPATO DI REATI FINANZIARI UNA MANCIATA DI volte nel New Jersey. Tutti quei casi del Jersey avevano come bersaglio le legioni di funzionari corrotti che infestano il cosiddetto Garden State. Avevamo incastrato un certo numero di sindaci e consiglieri, ma, come scarafaggi, una nuova generazione di rimpiazzi era spuntata fuori dal nulla.

Dopo che i detective principali dell'Unità Crimini Finanziari di Collier erano stati tamponati da un camion di giardinieri, io e Vargas eravamo subentrati nel loro caso, che si trovava a un punto critico. A Naples girano un'infinità di soldi, e con questo intendo davvero un sacco di soldi. Si potrebbe pensare che tutti quei soldi e la scaltrezza di chi li possedeva li rendessero immuni dall'essere spennati.

Beh, non potreste sbagliarvi di più, per due ragioni principali. La prima è l'avidità, che contagia anche i più ricchi tra noi. L'altra, una condizione spesso sottovalutata, è ciò che io chiamo il "gioco per addetti ai lavori", ed è direttamente legata all'ego. Certe persone hanno un bisogno insaziabile di essere addentro alle cose, di avere contatti e accessi che altri non hanno.

John Seymour lo aveva capito e lo aveva sfruttato per la bella somma di cinquanta milioni di dollari. E lo fece in tempi record. Quando lessi il fascicolo del caso, dovetti trattenermi dall'ammirarlo. Mentre i regolatori incompetenti stavano a guardare aspettando il prossimo Madoff, questo tizio, Seymour, che ostentava le sue origini di Sacramento, rastrellava denaro per finanziare, si supponeva, startup della Silicon Valley.

Il problema era che di startup non ce n'erano, e tutto ciò che gli investitori ottennero fu la possibilità di fare i gradassi ai cocktail per diversi mesi. Sono abbastanza sicuro che, sebbene gli investitori non abbiano ricevuto un ritorno finanziario sul loro denaro, per alcuni il dividendo sociale è stato più che sufficiente.

Sempre che la notizia della truffa non trapelasse. Seymour lo sapeva e usò abilmente la cosa contro le persone che si erano messe in fila per dargli i soldi. Fu il motivo per cui la frode andò avanti così a lungo. Nessuno si faceva avanti. Avevano paura che si spargesse la voce e che la loro reputazione venisse macchiata. Chissà, magari non li avrebbero più invitati alle feste migliori.

Tuttavia, una persona sporse denuncia, una vecchia signora combattiva di nome Martha Notingham. Viveva in una vecchia tenuta sul golfo e aveva dato a Seymour solo, e lo dico con leggerezza, duecentomila dollari. Per la Notingham era una goccia nel mare, ma era seccata dal fatto che lui le rispondesse di rado al telefono. Chissà per quanto tempo Seymour avrebbe potuto portare avanti la sua piccola truffa se solo le avesse fatto il cascamorto un paio di volte?

Fu un'idea di Vargas farci passare per parenti della Notingham, in cerca di un investimento da fare insieme a lei. Io impersonai suo nipote, e Vargas era mia moglie. Non so se fosse il fatto di non aver mai lavorato in incognito o che Vargas insistesse per tenermi la mano durante l'incontro a renderlo surreale. In ogni caso, fu l'avidità di Seymour a fargli abboccare alla nostra piccola messinscena. Non mi era chiaro se la Notingham fosse sé stessa o stesse recitando una parte, ma a me sembrava appartenere all'aristocrazia inglese. Era una donna impressionante, e non c'era dubbio che si stesse godendo il suo ruolo nel battere Seymour al suo stesso gioco.

Consegnammo i documenti e le istruzioni per il bonifico, che Seymour ci chiese di compilare, al procuratore distrettuale. Loro lavorarono con la Commissione Bancaria della Florida e l'Ufficio di Regolamentazione Finanziaria per tracciare una pista processabile e ci diedero rapidamente il via libera.

Dreymore, un viceprocuratore distrettuale, Vargas e io ci sedemmo attorno a un tavolo da conferenza. Collegammo il registratore e feci la chiamata.

«Pronto, signor Seymour. Sono Jonathan Notingham.»

«Salve, Jonathan. È un piacere sentirLa.»

«Anche per me è un piacere parlare con Lei. Abbiamo fatto esaminare la documentazione dal nostro avvocato del family office e, sebbene pensasse che dovremmo modificare un po' il linguaggio, credo che si tratti di modifiche minori e non abbiamo problemi a procedere con le carte così come sono.»

«È una splendida notizia. Devo dire che il Suo tempismo è eccellente. Farà parte di un'entusiasmante opportunità che mi è stata appena proposta da un mio contatto di lunga data nella Valley.»

«Meraviglioso. Dicono che il tempismo è tutto.»

«Proprio così. Mi spiacerebbe farLe perdere questa occasione. Disporrà presto il bonifico dei fondi?»

«Ho già dato istruzioni ai nostri banchieri. Stanno organizzando il tutto proprio in questo momento e, se questo produrrà i rendimenti che ha dichiarato, seguiranno ulteriori investimenti.»

«Li produrrà, può contarci.»

«Eccellente.»

«Mi scusi, signor Notingham, ma sono in ritardo per un incontro di investimento con un paio di titani della tecnologia. Ci sentiremo presto e porga i miei più cordiali saluti a Sua zia.»

Dissi addio e riattaccai.

Vargas disse: «Ottimo lavoro, signor Notingham.»

Dreymore disse: «Ha ragione, non ha sospettato nulla.»

«È l'avidità, acceca la maggior parte della gente» dissi.

Vargas disse: «Sei sicuro di riuscire a mettere le mani sui soldi? Mi spiacerebbe pensare che Seymour ci freghi.»

Dreymore disse: «Non si preoccupi. Abbiamo allertato tutti lungo la catena e il trasferimento è segnalato. Ovunque vadano i soldi, noi lo sapremo. Anche se si spostassero all'estero, come sospettiamo che accadrà.»

Dissi: «E se andassero, diciamo, alle Isole Cayman o all'Isola di Man?»

«Non importa, paradiso fiscale o no.»

«Le banche stanno al gioco?»

«Non hanno scelta; hanno ricevuto un'ingiunzione.»

Tolsi il nastro dal registratore, lo etichettai e lo misi nel fascicolo del caso mentre Dreymore se ne andava.

«Ehi, Vargas, ti va di mangiare un boccone da Chipotle? Acchiappare i criminali mi mette appetito.»

«Chipotle? Signor Notingham, un uomo della Sua levatura non dovrebbe frequentare simili locali.»

«Perdonami, cara. Vogliamo andare da Nemo's?»

«Se paga Lei, ci sto di sicuro, cioè, sempre che ci facciano entrare.»

«Sai che c'è? Ce lo meritiamo.»

Riaccesi il telefono e c'era un messaggio in segreteria.

«Mi è arrivato un messaggio di Bilotti.»

«Cosa dice?»

«È arrivato il referto tossicologico di Gabelli. Ha detto che non c'era traccia di nitrito di amile, ma che hanno trovato qualcos'altro.»

«Cosa?»

«Non me l'ha detto, mi ha detto di richiamarlo.»

Lo richiamai, ma era nel bel mezzo di un'autopsia.

49

LUCA

L<small>A LUCE ROSSA SOPRA LA PORTA DELLA SALA USATA PER</small> esaminare i resti infetti o carbonizzati era accesa.

Dannazione, quanto ci sarebbe voluto? Sbirciai attraverso la piccola finestra della porta. Bilotti era chino su quello che sembrava un corpo carbonizzato e parlava in un microfono mentre incideva un addome annerito dal fuoco. Lo guardai mentre prelevava un campione e lo riponeva in una vaschetta d'acciaio inossidabile a forma di rene. Procedeva a rilento. Me ne andai in cerca di un bagno e una tazza di caffè.

Quando tornai, Bilotti stava ricoprendo il corpo con il lenzuolo. Spinse la barella fino a una cella frigorifera e fece una rapida telefonata. Si sfilò i guanti e cominciò a lavarsi le mani così lentamente che diedi dei colpi alla porta. Lui si voltò, afferrò un asciugamano e venne verso di me.

«Salve, dottore.»

«Mi dispiace, Frank, non ho tempo.»

«Le prometto che sarà una cosa rapida.»

«Sa che non mi occupo solo di omicidi, vero, Frank?»

«Lo so, mi scusi. È solo che il suo messaggio mi ha lasciato sulle spine. Ha detto che era saltato fuori qualcosa. Di che si tratta?»

«Come le dicevo, non c'erano tracce di nitrito di amile, ma ho ampliato la richiesta tossicologica ed è emerso un livello considerevole di terbutalina.»

«Terbutalina? Che cos'è?»

«È un broncodilatatore. Aiuta ad aprire le vie aeree di una persona per facilitarne la respirazione. Viene prescritto a chi soffre di enfisema e asma.»

Asma? L'immagine di Stewart che aspirava dal suo inalatore mi balenò in testa.

«Ma per quanto ne sappiamo, Gabelli non aveva problemi di respirazione, giusto?»

«La vittima non aveva problemi respiratori noti e dalla sua cartella clinica non risulta che assumesse farmaci su prescrizione per questo motivo.»

«C'è qualche altra ragione per cui una persona dovrebbe prendere questa roba?»

Il dottore sorrise. «L'unico altro uso di cui sono a conoscenza è per ritardare il travaglio.»

«Intende quando una donna sta partorendo?»

Annuì. «In alcuni casi di travaglio pretermine, i medici la somministrano per ritardare il parto al fine di migliorare la salute di un bambino prematuro.»

«Non ne avevo mai sentito parlare.»

«A volte può ritardare il travaglio di un paio di giorni, e questo è fondamentale per la salute di un bambino prematuro. Naturalmente, come tutti i farmaci, ci sono dei rischi, soprattutto per la madre.»

«In qualche modo ci si può sballare?»

«No. Anzi, se usata in eccesso può causare un infarto.»

«Quanta terbutalina servirebbe per provocare un infarto?»

«È difficile da dire. Dipenderebbe dalla salute e dalla massa corporea...»

«Andiamo, dottore, stiamo parlando di Gabelli. Quanta ne servirebbe per provocargli un infarto?»

«Non sono un esperto di questo farmaco.»

«Gabelli aveva alcol in corpo. Avrebbe contribuito?»

«Non avrebbe certo aiutato, ma, ripeto, non conosco bene le interazioni.»

«Grazie, dottore, davvero, le sono grato. Devo scappare.»

Digitai un numero sul cellulare.

«Vargas, abbiamo la svolta che stavamo aspettando. Bilotti, Dio benedica la sua mano armata di bisturi, ha fatto un test extra e, bingo, è saltato fuori un farmaco per l'asma.»

«Gabelli soffriva d'asma?»

«No, ma il suo amico Stewart sì.»

«Pensi che lui...»

«Al momento sembra di sì, ma abbiamo inseguito sussurri e fantasmi per così tanto tempo che devo cercare di tenere a freno l'entusiasmo. Senti, chiama il nostro contatto farmaceutico e ottieni più informazioni possibili sulla terbutalina.»

«Come si scrive?»

«T-e-r-b-u-t-a-l-i-n-a. Sto arrivando.»

———

Mi strappai di dosso la giacca e la lanciai su una sedia.

«Che hai scoperto, socia?»

Vargas sollevò un foglio di appunti. «La terbutalina apre le vie aeree per rendere più facile la respirazione. Di solito viene prescritta solo quando gli inalatori non funzionano. Il mio contatto ha detto che ha molti effetti collaterali e può avere un impatto sul cuore. Fa accelerare il battito cardiaco e, ha aggiunto, si ritiene che indebolisca il cuore, specialmente nelle donne incinte.»

«In che forme si trova?»

«In forma iniettabile e in pillole.»

«Quanto ce ne vorrebbe per causare un'overdose e provocare un infarto?»

«Non ha voluto fare supposizioni, ma ha detto che è un farmaco molto pericoloso e che andrebbe prescritto solo se gli inalatori non danno sollievo. Ah, e senti questa: ha detto che una semplice dose di cinque milligrammi aumenta la frequenza cardiaca del trenta percento.»

«Caspita, una pillola minuscola. Avresti dovuto insistere.»

«L'ho fatto, Frank. Era evasivo, così gli ho chiesto cosa succederebbe se a qualcuno venisse somministrata una dose cinque o dieci volte superiore. Ha detto che la forma iniettabile agisce super-velocemente e spingerebbe il cuore al limite.»

«Stewart potrebbe aver punto Gabelli con un ago.»

«Forse, ma ha anche detto che mescolarlo con l'alcol ne esagererebbe l'effetto, chiamato…» Vargas guardò i suoi appunti, «cardiomiopatia peripartum, che potrebbe portare a un arresto cardiaco improvviso, un infarto massiccio.»

Sentii una fitta al fianco mentre dicevo: «Chissà cosa ha bevuto Gabelli?».

«Tutto bene, Frank?».

«Sì, perché?».

«Hai fatto una smorfia, come se avessi sentito dolore.»

«Ho sentito una piccola fitta al fianco.»

«È la prima volta?».

Non potei mentire. «Mi è capitato due o tre volte. Non è niente di che. Cos'altro ha detto?».

«L'hai detto al dottore, Frank?».

«Ci hanno detto che potrebbe essere solo del tessuto cicatriziale.»

Mentre Vargas mi fissava, sentii il fianco come se mi stessero infilzando. «Ahi.» Mi piegai in due.

«Basta così, Frank. Chiamo un'ambulanza. Vai in ospedale.»

Il dolore era lancinante, ma dissi: «No. Ci vado io in macchina.»

«Non sei in condizioni di guidare, giovanotto.»

Mi afferrai il fianco. «Spero non sia niente di grave. Non è una bella sensazione, Mary Ann.»

«Come si chiama il dottore che ti ha operato?».

Vargas chiamò un'ambulanza e avvisò il mio chirurgo. Durante il tragitto verso il pronto soccorso, non riuscivo a scrollarmi di dosso la convinzione che il cancro fosse tornato. Il dolore era atroce, davvero atroce. Vedere la botola aprirsi per portarmi via dal palcoscenico della vita mi terrorizzò a morte. Allungai la mano verso quella di Vargas. Grazie a Dio era in ambulanza con me.

50

STEWART

«*TUTTE LE OPPORTUNITÀ DI CUI HAI BISOGNO NELLA VITA TI aspettano nella tua immaginazione. L'immaginazione è il laboratorio della tua mente, in grado di trasformare l'energia mentale in successo e ricchezza*». - Napoleon Hill

IL SOLE mi scaldava il viso mentre scendevo le scale di corsa. Mi sentivo davvero bene quella mattina e dormivo molto meglio da quando avevo rotto con Robin. La decisione non era stata facile, ma avrebbe dovuto esserlo. L'unica cosa che non possiamo creare è il tempo, e so che non bisogna sprecarlo. Mai più errori del genere.

La Mustang non era una Porsche, ma non avrebbe fatto una bella figura guidare una 911 con una ragazza il cui padre possedeva un paio di concessionarie Ford. Di certo non era una questione di soldi; ne avevano in abbondanza. Non quanti ne aveva Robin dopo aver ricevuto i soldi dell'assicurazione, ma Melissa non aveva fratelli o sorelle, quindi per me era una situazione piuttosto vantaggiosa.

Non sapevo nulla del settore automobilistico, ma questo non aveva impedito a Melissa, che era la direttrice generale dei loro showroom, di assumermi come vicedirettore del punto vendita di Bonita. La parte migliore è stata dire a Greely che ero stufo delle sue stronzate e poi licenziarmi. Non ho resistito a lanciargli qualche frecciatina mentre me ne andavo. È stato bello mettere finalmente in atto quel piano.

Le prime due settimane alla concessionaria Ford non feci molto, mi limitai a fare conoscenza con tutti, ma era una concessionaria molto frequentata e gli orari non mi piacevano. Erano aperti dalle nove alle nove, sei giorni alla settimana, e la domenica dalle undici alle cinque.

Questo risucchiava un sacco di ore dalla dotazione che ognuno riceve nella vita. Per ora avrei fatto quegli orari, ma tra un paio di mesi avrei fatto leva su Melissa per lavorare ai fianchi il vecchio. Non avrebbe voluto privare sua figlia di una vita familiare, no?

Dovevo continuare a ripetermi di smettere di paragonare Melissa a Robin. Con Melissa il punto era che dovevo fare un gioco a lungo termine. Non aveva la liquidità di Robin; scoprii che guadagnava solo centodiecimila dollari l'anno. Con quelli non si andava molto lontano, e a me ne davano solo ottantacinquemila. Suo padre era un sessantaseienne in forma, quindi il guadagno era ancora lontano.

L'altra cosa che mi infastidiva era che, sebbene Melissa fosse cresciuta nel lusso, non aveva il senso dello stile di Robin. Praticamente in ogni categoria, Robin la surclassava. Melissa non si vestiva particolarmente bene. Odiavo i goffi tailleur pantalone che indossava in concessionaria. E mi dava fastidio quando mi diceva di mettermi i pantaloncini per andare a cena fuori.

Oh, c'era un'altra cosa: la sua casa. Melissa viveva in un

vecchio edificio basso a Park Shore, dipinto di un imbarazzante giallo canarino. Diceva che il posto era comodo, pratico e senza debiti. Si potrebbe aggiungere, arredato come se ci vivesse un'ottantenne.

Avrei dovuto rivalutare la tempistica di questa relazione. Forse mi ci sarebbe voluto un po' più di tempo di quanto pensassi, ma se avessi giocato bene le mie carte e mi fossi attenuto al piano, avrei trovato un modo per prosperare. Prima, però, avrei aspettato altri tre mesi e poi le avrei detto che dovevamo andare a vivere insieme. Così avrei potuto lasciare casa mia e tagliare le spese. Non avevo praticamente accumulato alcun capitale, ma ne avrei ricavato una trentina di mila dollari per saldare il debito della carta di credito.

Poi avrei lavorato ai fianchi anche lei per migliorare la nostra sistemazione. Le piaceva la zona. Ok, avremmo potuto trasferirci in uno di quei nuovi grattacieli. Sarebbe stato fantastico guardare il golfo scintillare con un cocktail in mano.

51

LUCA

M ENTRE MI RIPORTAVANO INDIETRO DA UN ESAME, VIDI V ARGAS bisbigliare al telefono. Le feci il pollice in su e un enorme sorriso.

«È solo un calcolo renale».

«Oh, grazie a Dio».

«A chi lo dici. Pensavo di essere spacciato».

«Lo frantumeranno con gli ultrasuoni?»

«Sì. Speriamo che un solo trattamento basti a romperlo. In ogni caso, mi dimettono dopo che me l'hanno fulminato».

«Oh, Frank, mi sono spaventata tanto per te».

«Grazie, Mary Ann, so cosa vuoi dire. Sai, pensavo davvero che il cancro fosse tornato e che la partita fosse finita».

«Questa proprio non ci voleva, eh?»

«Puoi dirlo forte. Ma grazie per essere venuta con me. Hai fatto bene a esserci».

«Non c'è di che. Sono solo contenta che non fosse nulla di grave».

«Non grave, ma, cavolo, i calcoli renali fanno un male d'inferno».

«Lo so, mia madre li ha avuti due volte».

Mi sistemai il camice per coprirmi le gambe. «Si gela qui dentro».

Vargas aprì di scatto un altro camice da ospedale e lo mise sopra il lenzuolo.

«Grazie. Allora, a che punto eravamo con la storia del farmaco di Gabelli?»

«Oggi riposati e basta. Riprenderemo domani».

«Sto bene, l'antidolorifico ha fatto effetto. Non possiamo perdere altro tempo. Stiamo lavorando a questo caso da troppo. O Stewart l'ha punto con un ago, oppure ha polverizzato un mucchio di pillole e le ha sciolte in qualsiasi cosa stesse bevendo Gabelli».

«Dovevano essere pillole polverizzate».

«Perché?»

«Primo, avrebbe avuto una sola possibilità. Se lo avesse punto con un ago, avrebbe dovuto assicurarsi che entrasse l'intera dose. Probabilmente ci sarebbe stata una colluttazione mentre Gabelli cercava di capire cosa stesse succedendo».

«A meno che una fiala non fosse sufficiente. Hai detto che il farmacologo ha detto che avrebbe agito in fretta».

«Stewart avrebbe dovuto sapere quale fosse una dose letale, e nemmeno il nostro uomo si è voluto sbilanciare».

«Hai ragione, ma lui soffre d'asma. Forse l'ha scoperto dal suo medico».

«Mmm. Forse».

«Ma sono d'accordo, è probabilmente più facile e sicuro polverizzare prima un po' di pillole e metterle nel suo drink. Ma queste pillole hanno un sapore?»

«Non lo so».

«Verifica e fammi sapere. Ma, in ogni caso, dobbiamo portare dentro Stewart e ottenere un mandato di perquisizione per casa sua».

«Sembra un buon piano».

«Ora sparisci e vai a lavorare».

«Sei sicuro di stare bene?»

«È solo un calcolo renale. Sarò fuori di qui tra un paio d'ore».

Vargas se ne andò e io rimasi lì a pensare, o meglio, a ossessionarmi, sul caso Gabelli. Tanti indizi promettenti non avevano portato a nulla. Molti di quei dati avevano puntato su Stewart, ma ora questo farmaco per l'asma era il filo che poteva legare tutto insieme.

Dovevo scoprire chi fosse il suo medico. Avere a che fare con la professione medica era sempre una questione delicata. Quei tizi si nascondevano dietro la privacy meglio delle aziende tecnologiche. In questo caso dovevamo identificare il medico, poi tutto ciò che volevamo da lui era sapere se e quando gli avesse prescritto la terbutalina. Se lo otteniamo, per Stewart è finita.

Non avremmo dovuto avere troppi problemi a ottenere un mandato di perquisizione. Probabilmente a casa sua avremmo visto qualcosa che ci avrebbe fatto sapere il nome del suo medico. Chissà, magari durante la perquisizione avremmo anche trovato parte dell'arma del delitto.

Alla fine, i conti tornano sempre, e ci meritavamo proprio una svolta in questo caso. Dovevo chiamare Vargas e assicurarmi che includesse il farmaco nel nostro mandato e che parlasse al procuratore delle minacce fatte da Stewart, nel caso avesse fatto storie per emettere il mandato.

Robin. Mi sentivo un po' in colpa per come l'avevo liquidata quando mi aveva parlato delle minacce che Stewart aveva rivolto a uno dei suoi amanti. Ma, sai una cosa? Non era stata del tutto sincera con me. Come tutte le persone di tipo A, pensava di potermi gestire. Quello fu il suo primo errore, ma alla fine sembrava l'unico, a meno che non trovassimo prove che stesse cospirando con Stewart.

Dovevo definire una strategia per interrogare Stewart. Sarebbe stato abbottonato; non potevamo aspettarci che crollasse facilmente. Ma avrei trovato un modo per creare una piccola crepa e infilarci il mio piede di porco. Non vedevo l'ora. Sarebbe stato piacevole vedere Stewart contorcersi.

————

LA MATTINA, quando arrivai al lavoro, Vargas era alla sua scrivania.

«Come ti senti, Frankie?»

«Quasi come nuovo. Sono riusciti a frantumarlo in una sola seduta. Avrò un po' di dolore mentre lo espello, ma sai che sono un osso duro».

«Sì, sei un vero Superman».

«Novità sul mandato?»

«Esposito ha detto che probabilmente lo avremo questo pomeriggio.»

«Bene, bene. E ora come ci muoviamo con Stewart?»

«Aspetta un secondo, ho pensato che ti avrebbe fatto piacere sapere che, dopotutto, Gabelli non era un ladro.»

«Non lo pensavo. Chi ha rubato i soldi?»

«È stato il direttore finanziario della Simmons a orchestrare la frode e a far ricadere la colpa su Gabelli.»

«Non manca mai la gente che cerca di addossare crimini ai morti.»

«E come no. Ora, torniamo a Stewart.»

«Dobbiamo decidere come procedere. Pensi che dovremmo portare dentro Stewart prima o dopo la perquisizione?»

Vargas disse: «Se lo portiamo dentro prima, Stewart farà sparire qualsiasi cosa possa sollevare sospetti. D'altra parte, se ci presentassimo con il mandato prima di parlargli, durante l'interrogatorio successivo starebbe davvero sulla difensiva.»

«Lo so. Ma sono abbastanza fiducioso che lo faremo crollare, anche se starà in guardia. Credo che dopo dieci minuti alzerà un muro.»

«Potremmo arrestarlo prima e poi parlargli. Potrebbe scuoterlo.»

Scossi la testa. «Non mi piace. Potremmo ottenere qualcosa di utile all'inizio. Lo incontriamo, proviamo a depistarlo, magari si lascia scappare qualcosa. Se lo arrestiamo, ci sarà il suo avvocato, e non credo che a questo punto abbiamo abbastanza elementi per far approvare l'arresto al procuratore.»

Vargas si accigliò. «È tutto circostanziale.»

«A meno che non troviamo qualcosa a casa sua. Okay, qual è la nostra teoria su come ha ucciso Gabelli?»

«I due si sono visti a casa di Stewart. Hanno guardato una partita e bevuto. Stewart ha polverizzato una dozzina di pillole e le ha versate nel drink di Gabelli.»

Dissi: «Pensi che le abbia messe tutte in una volta?»

«Direi che ne mette circa il dieci per cento nel primo drink. In questo modo entra nel flusso sanguigno di Gabelli, e poi mette il resto nel secondo.»

«Due drink lo porterebbero appena sotto il limite legale, esattamente dove l'autopsia ha stabilito che fosse il suo tasso alcolemico.»

«Dopo il secondo drink, Gabelli ha un infarto fulminante e muore.»

«Non si sarebbe fatto prendere dal panico prima, quando il cuore ha iniziato ad accelerare?»

«Certo. Probabilmente Stewart lo ha tranquillizzato, magari fingendo di chiamare un'ambulanza.»

Dissi: «Okay, ora il corpo è sul divano o sul pavimento. Cosa fa Stewart dopo?»

«Sappiamo dove è stato trovato Gabelli. Perché non procediamo a ritroso?»

«Buona idea, ma prima di andare avanti, siamo sicuri che abbia avuto l'infarto a casa di Stewart?»

Vargas disse: «Stewart aveva bisogno di un posto dove potessero bere un paio di drink. Poteva essere ovunque, ma più di tutto gli serviva un posto privato dove poter versare le pillole nel suo drink, almeno una volta, o piantargli un ago. Inoltre, non poteva sapere quale sarebbe stata la reazione. Non poteva fare affidamento sulla possibilità di portare via Gabelli da lì.»

«Hai ragione, molto probabilmente è successo a casa di Stewart.»

«Allora come ha portato il corpo a Clam Pass?»

«Qualche idea se abbia tenuto il corpo con sé prima di sbarazzarsene?»

«Ne dubito. A meno che non sia successo a casa sua. Pochissime persone hanno il fegato di dormire nella stessa casa con una persona che hanno ucciso.»

«Fegato? Più che altro devi essere fuori di testa.»

«Supponendo che volesse liberarsi del corpo il più velocemente possibile, ha dovuto usare la sua auto almeno per avvicinarlo all'acqua. Potrebbe aver usato una barca in seguito, anche se non ne abbiamo prove.»

«Stewart avrebbe dovuto trasportare Gabelli giù per le scale e fino alla sua auto.»

«Probabilmente ha avvolto il corpo nel suo garage.»

Vargas annuì. «Poi ha aspettato un momento nel cuore della notte per guidare fino a Clam Pass.»

«Voglio tornare a parlare con il vicino che ha detto di aver preso in prestito l'auto di Stewart.»

«Certo. Sai, Stewart avrebbe potuto procedere in un altro modo. Abbiamo chilometri e chilometri di corsi d'acqua. Avrebbe potuto metterlo su una barca da qualche parte, anche in una di quelle strade di Seagate. Hanno tutte accesso all'acqua.»

«Spero che non dovremo provare quella parte. Stewart aveva una relazione con la moglie del defunto. Lei dice che lui voleva continuarla. Sappiamo che ha minacciato altri uomini che stavano con Robin. Se riusciamo a collegarlo al farmaco che ha ucciso un Gabelli in salute, abbiamo molto su cui lavorare. E questo prima della perquisizione. Chissà cos'altro troveremo?»

52

LUCA

Io, Vargas e quattro agenti in divisa entrammo a Calusa Bay e parcheggiammo le auto di fronte alla casa di Stewart. La strada era bagnata da un acquazzone e il vapore si sollevava dall'asfalto. Prima ancora di essere a metà della scalinata, due coppie di vicini aprirono le porte per vedere cosa stesse succedendo. Sul punto di dire loro di farsi i fatti propri, suonai invece il campanello.

Stewart aprì la porta e io gli sbattei il mandato sotto il naso.

«Signor Stewart, questo è un mandato di perquisizione autorizzato dal giudice Randolph. Ci permette di perquisire la sua proprietà e sequestrare qualsiasi cosa riteniamo sia collegata al nostro caso.»

«Quale caso?»

«L'omicidio di Philip Gabelli.»

Stewart cominciò a respirare affannosamente. «Cosa c'entro io con questa storia?»

«Si faccia da parte, signor Stewart, dobbiamo eseguire la perquisizione.»

Stewart si infilò una mano in tasca e io estrassi la pistola. Vargas gli afferrò il braccio e disse: «Tiri fuori la mano, lentamente.»

Stewart seguì le sue istruzioni, ansimando. «È solo il mio inalatore. Mi serve l'inalatore.»

Vargas frugò nella sua tasca e tirò fuori un inalatore blu. Lesse l'etichetta, scosse la testa e lo diede a Stewart.

Dissi: «Signor Stewart, lei rimanga nell'atrio con l'agente Putnak.»

Stewart ansimò. «Mi state arrestando?»

«Durante l'esecuzione di un mandato di perquisizione, il tribunale ci autorizza a tenere sotto controllo gli abitanti della proprietà in questione.»

Si tolse l'inalatore dalla bocca. «Sotto controllo?»

Anche se continuava a tirare dal suo inalatore, stava facendo resistenza.

Vargas disse: «Signor Stewart, la legge è chiara. Se fa resistenza, dovremo arrestarLa. È chiaro?»

Stewart si fece da parte e noi ci riversammo in casa sua. Infilandomi i guanti, dissi a un agente di assicurarsi che Stewart non fosse d'intralcio e rimanesse nell'atrio.

Vargas sussurrò: «L'inalatore è un prodotto naturale chiamato Dr. Kings. È da banco.»

«Okay, io prendo la camera padronale. Tu controlla la cucina e il soggiorno e fai perquisire il garage agli agenti.»

La camera da letto di Stewart era incolore. Non era uno di quei moderni temi in bianco; era un bianco spento, dall'aspetto vecchio. Il posto invocava un po' di colore. Abbassai le tende a rullo e andai dritto al comodino. La mia metodologia consisteva nell'aprire prima il cassetto più in basso e procedere verso l'alto, lasciando ogni cassetto aperto così da sapere che era stato perquisito.

Il cassetto inferiore conteneva un binocolo impolverato e due vecchi cellulari a conchiglia con le batterie scariche, che decisi di lasciare lì. Nel secondo cassetto c'erano un album di foto spesso e circa quindici paia di calzini ordinatamente piegati. Tirai fuori l'album e sfogliai le immagini di Stewart da bambino, adolescente e adulto. Nessun altro appariva nelle circa ottanta foto, tranne indovinate chi. Estrassi la foto di Robin e la girai, ma non c'erano annotazioni.

Fissando la foto, capii il fascino che subiva Stewart. Con una camicetta rossa che lasciava scoperto l'ombelico e dei pantaloncini minuscoli, Robin era sdraiata a bordo piscina a casa Gabelli. Senza dubbio, aveva tutte le carte in regola. Dopo aver scattato una foto della foto con il cellulare, passai al cassetto superiore.

Facendolo scorrere per aprirlo, un'ondata di adrenalina mi percorse il corpo. Mi avvicinai alla porta e misi fuori la testa.

«Ehi, Vargas. Hai un secondo?»

Stavo scattando foto al cassetto aperto quando entrò la mia partner.

«Che c'è?»

Mi portai un dito alle labbra e indicai tre flaconi di terbutalina e una scatola di aghi ipodermici posizionati a destra di un piattino con un orologio e delle monete.

Vargas sussurrò: «L'abbiamo in pugno, Frank, l'abbiamo in pugno.»

«Credo di sì. Ma non stappiamo ancora lo champagne. Continua a cercare, potremmo essere fortunati.»

Dopo aver annotato il nome della farmacia e del medico prescrittore, chiusi il cassetto e continuai a perquisire la suite padronale. Non c'era nient'altro che sembrasse importante.

Entrando in soggiorno, dissi: «Imbustate tutti i cuscini delle sedute.»

Stewart disse: «Non potete prenderli tutti. Dove mi siedo?»

Vargas mi prese da parte e sussurrò: «Non dovremmo prendere cose del genere. Il mandato non lo prevede. Cosa stai cercando?»

«Fluidi corporei. Se l'ha ucciso qui, forse Gabelli ha avuto delle perdite quando è morto.»

«Sai che ci serve una causa probabile, Frank.»

«Okay, prendete solo il cuscino sinistro del divano.»

«Sei sicuro, Frank? Non abbiamo nulla per giustificarlo.»

Indicai una foto di Gabelli e Stewart seduti sul divano.

«Così stai davvero rischiando grosso, Frank.»

Sorrisi. «Può darsi, ma Gabelli indossa una maglietta rossa, la stessa del giorno in cui è scomparso. Imbusta anche la foto e dai a Stewart una ricevuta per quello che abbiamo preso.»

———

«Ehm, detective Luca?»

«Sì, sono il detective Frank Luca. Chi parla?»

«Ehm, mi chiamo Lenny, Lenny Nership. Lei è venuto da me. Abito di fronte a Dom.»

Guardai il telefono prima di rispondere: «Sì. Certo che mi ricordo. Lei è il vicino che ha detto di aver preso in prestito l'auto del signor Stewart.»

«Io... io non so come dirlo, ma... spero di non finire nei guai o roba del genere. Non volevo fare niente di male, lui ha detto che era...»

«Stia tranquillo. Nessuno finirà nei guai. Mi dica solo cosa la preoccupa.»

«Beh, io non ho mai preso in prestito l'auto di Dom.»

«La Nissan Cube bianca?»

«Sì. Mi ha chiesto di dire che l'avevo fatto, ma non è vero.»

«Capisco. Ora, cosa l'ha spinto a mentire alla polizia? E non si preoccupi, non è nulla di cui doversi preoccupare.»

«Beh, vede, ha detto che aveva una relazione con la moglie dello sceriffo e che sapeva che i poliziotti lo tenevano d'occhio.»

«Lei non ha mai preso in prestito l'auto del signor Stewart, lo scorso maggio?»

«No, signore.»

«Posso chiederLe cosa l'ha spinta a chiamare oggi?»

«Beh, mi piace molto guardare *CSI*, quello di Miami, e so come si svolge un mandato di perquisizione della polizia. Ho visto quando siete andati tutti a casa di Dom. Ho immaginato che avesse fatto qualcosa di veramente brutto, così l'ho chiamato per vedere cosa stesse succedendo. Ha detto che era un malinteso, ma la cosa non aveva senso. Poi ho iniziato a pensarci e ho cercato su Google lo sceriffo per vedere che aspetto avesse la moglie, ma non era un granché e anche un po' vecchia, molto più vecchia di Dom. Quindi, ho iniziato a pensare che dovevo dire qualcosa.»

«È stato molto astuto da parte Sua.»

«Io... ho paura, se lo scopre se la prenderà con me.»

«Stia tranquillo, non lo scoprirà mai. Vede, gli diremo che abbiamo un video di lui che lasciava Calusa Bay quella notte.»

«Ne è sicuro?»

«Sì. Ora dovremo raccogliere una Sua deposizione. Le va bene?»

«Ehm, devo proprio?»

Questo era un lavoro per Vargas; lei lo avrebbe tranquillizzato. «Sì, sarà una cosa veloce. Le manderò la mia collega. È una brava persona. Si chiama Mary Ann. Per favore, le dica esattamente quello che ha detto a me.»

Dopo aver riattaccato, esultai con un pugno in aria. Era ora di portare dentro Stewart.

53

LUCA

Decisi di usare la sala interrogatori più piccola che avevamo. Stewart soffriva d'asma e le dimensioni della stanza lo avrebbero messo a disagio. Aveva tergiversato quando gli avevamo chiesto di venire, ma la velata minaccia di arrestarlo lo aveva convinto a presentarsi volontariamente. Meglio così, perché avevamo solo prove circostanziali.

Io e Vargas avevamo concordato una strategia, e ora era il momento di vedere dove ci avrebbe portati. Facemmo scortare Stewart nella stanza e lo lasciammo solo per quindici minuti, mentre noi andavamo a prenderci un caffè.

Sbirciai attraverso lo specchio unidirezionale. Stewart tamburellava con il pollice sul tavolo d'acciaio, con un'aria di sfida. Avevo alzato il termostato poco prima che lo facessero entrare. Quando alzai ulteriormente la temperatura, Vargas scosse la testa e andò in bagno.

Quando tornò, Stewart aveva allargato i gomiti sul tavolo. Era ora di andare in scena. Bussai rapidamente ed entrammo.

«Signor Stewart, grazie per essere venuto oggi. Si ricorda della mia partner, Mary Ann Vargas?»

Stewart scosse il capo. «Qui dentro è un forno.»

«In effetti fa un po' caldo. Vuole che abbassi la temperatura?»

«Assolutamente.»

«Nessun problema. Mary Ann abbasserà il termostato mentre io preparo la videocamera.»

«Videocamera?»

«È la prassi. È per la sua protezione.»

«Sì, certo, la mia protezione.»

«Lo è, mi creda. Ci pensi, in questo modo la registrazione è ufficiale. Non c'è la mia parola contro la sua. Non possiamo inventarci niente. È tutto documentato.»

Vargas rientrò. «L'ho impostato a ventidue gradi. Si sta già meglio qui dentro.»

Stewart disse: «Grazie».

Ci accomodammo su delle sedie di plastica di fronte a Stewart, e Vargas accese il registratore. Dopo che ebbe dichiarato i presenti, l'ora e la data, iniziai l'interrogatorio.

«Signor Stewart, la notte in cui Philip Gabelli è scomparso, la sua Nissan Cube è stata vista a Clam Pass Park nel cuore della notte. Quando l'abbiamo interrogato in merito, ci ha detto che aveva prestato l'auto a un vicino.»

«Esatto.»

«E chi era questo vicino?»

Stewart tirò fuori il suo inalatore. «Lenny Nership.»

«Strano, perché lui ha detto che è stato lei a chiedergli di dire che l'aveva presa in prestito quella notte.»

«Sta mentendo. C'è qualcosa che non va in quel tipo. Mi dispiace per lui, ma gli manca un cromosoma o qualcosa del genere.»

«Perché dovrebbe mentire su una cosa del genere?»

Stewart si strinse nelle spalle. «Non lo so, ma perché mai avrei dovuto chiedergli di dire una cosa simile?»

Vargas disse: «Per tenersi lontano da dove è stato trovato il corpo».

«Sì, certo. Pensate che abbia ucciso il mio migliore amico?»

«Stiamo solo cercando di capire cosa stava facendo a Clam Pass quella notte.»

Stewart fece un tiro dal suo inalatore. «Forse ho confuso le serate. Forse ero a un appuntamento.»

«Con chi?»

«Probabilmente con qualcuna che ho conosciuto da Campiello's.»

«Non si ricorda?»

Stewart sorrise. «Non per vantarmi, ma con le donne ci so fare.»

«Ma non con Robin.»

Un lampo di rabbia attraversò il viso di Stewart. «Cosa vorrebbe dire?»

«Niente. Tanto per dire.»

Vargas disse: «Vedo che usa un inalatore. Soffre d'asma, giusto?»

«Sì, ce l'ho da quando ero bambino.»

«È dura. Da piccola, Katie, la mia migliore amica, ce l'aveva e a volte era difficile.»

«Me la cavo bene a gestirla. Non mi impedisce di fare quello che voglio.»

«Immagino che con tutti i farmaci che ci sono oggi sia più facile da gestire.»

Mi parve di vedere Stewart sussultare prima che dicesse: «Immagino di sì».

Dissi: «Sa, il suo amico Phil è morto d'infarto».

«Un infarto?»

«Già.»

Stewart iniziò a respirare con la bocca. «È pazzesco. Era in gran forma. Immagino non si sappia mai cosa succede dentro al proprio corpo. È spaventoso.»

Vargas disse: «Certamente».

«Ecco perché dico sempre che bisogna vivere la vita al massimo. Meglio comandare finché si può, perché non si sa mai quando arriverà la propria ora.»

Mi ritrovai ad annuire. Le parole di Stewart mi suonavano vere e mi persi nei miei pensieri. Vargas mi diede una ginocchiata sotto il tavolo e disse: «C'è qualcosa che mi turba. Phil Gabelli ha avuto un infarto massiccio che ne ha causato la morte. Allora perché e come è finito a Clam Pass?»

Dissi: «Già, perché qualcuno avrebbe dovuto farlo sembrare un omicidio?»

Stewart disse: «Là fuori è pieno di gente contorta».

Vargas disse: «Ma è proprio questo, la sua morte».

Dissi: «Lei cosa ne pensa, Dom?»

«Potrebbe aver tirato un sacco di coca e il suo cuore ha ceduto. I tizi o le tipe con cui era sono andati nel panico e si sono sbarazzati del corpo».

Tutti i sospettati che si rivelano colpevoli hanno sempre un paio di scenari pronti da snocciolare. Dimostra che avevano pensato a tutto, o almeno così credevano.

Vargas disse: «Non è male. Tu che ne pensi, Frank?»

Mi sfregai il mento. «Mi piace, tranne che per una cosa».

Vargas domandò: «Cosa?»

«Non è stata la coca a uccidere Gabelli, ma la terbutalina».

Stewart chiese: «La terbu-cosa?»

«Bel tentativo, Dom. Ma Lei sa esattamente cos'è la terbutalina. Vero, Mary Ann?»

Vargas disse: «Abbiamo trovato quel farmaco a casa sua durante la nostra perquisizione e successive indagini confermano che Le viene prescritto da oltre dieci anni».

Dissi: «Ora Le dice qualcosa?»

«Intende le boccettine? Le uso solo in caso di emergenza, quando l'inalatore non funziona, tipo durante la stagione delle allergie».

«O quando vuole far fuori un amico».

«Questa è una stronzata!»

Vargas disse: «Troviamo interessante che Lei abbia chiesto al suo medico altra terbutalina un mese prima che Philip Gabelli venisse assassinato».

«Era la stagione delle allergie. Ecco perché l'ho chiesta, se proprio vuole saperlo».

Stewart fece un tiro dal suo inalatore, mentre Vargas diceva: «Signor Stewart, quello che sappiamo è che Lei è in possesso di abbondanti quantità del farmaco che ha causato al signor Gabelli un arresto cardiaco massiccio. E l'aspetto interessante è che Lei andava a letto con la moglie della vittima».

Dissi: «Non proprio. L'ha scaricato dopo una sveltina. Forse non è così bravo a letto come crede».

«Vaffanculo».

Dissi: «Allora, ci dica come ha fatto, Dom».

«Non ho fatto niente».

Dissi: «Senta, possiamo girarci intorno quanto vuole, ma sappiamo che è stato Lei e finirà dentro per questo».

Stewart ansimava fissandosi le mani.

Vargas disse: «Se collabora, metteremo una buona parola per Lei con il procuratore. Potrebbe riuscire a negoziare un patteggiamento senza andare a processo. Lei risparmia ai contribuenti le spese di un processo e loro Le faranno uno sconto sulla pena detentiva».

Stewart alzò la testa. «Ho finito di parlare. Voglio il mio avvocato».

———

«NON POSSO CREDERE che abbiano rilasciato Stewart».

«Andiamo, Frank. Sapevi che non avevamo abbastanza per trattenerlo».

«Okay, allora dimmi tu: primo, quante persone usano la terbutalina; secondo, chi conosceva Gabelli; terzo, chi andava a letto con sua moglie; quarto, chi ci ha fatto perdere tempo in un buco nell'acqua?»

«Tutte prove circostanziali. Non dimenticare che aveva una ricetta valida per il farmaco. Odio ammetterlo, ma il suo avvocato aveva ragione. Non è un crimine farsi prescrivere un farmaco che potrebbe essere usato in quantità letali. E non ha mai avuto problemi con la legge prima d'ora».

«C'è una prima volta per tutto, e questa è la sua. Ci serve solo una prova materiale e per Stewart è finita».

«Cosa ne è stato del cuscino della perquisizione?»

Dissi: «Niente, nessun fluido corporeo o traccia di terbutalina».

«Credo che giochi a nostro favore il fatto che Stewart pensi di essere fuori pericolo».

«La cosa non mi piace. Se cerchi la parola "compiaciuto" sul dizionario, trovi una foto di Stewart».

«Non sei stato tu a insegnarmi a non prenderla sul personale, ma a lavorare più sodo?»

Annuii. «Hai ragione. Senti, mentre lui se ne va in giro impettito come se niente fosse, noi raddoppieremo i nostri sforzi. Cominciamo a passare al setaccio il quartiere di Stewart, vediamo se qualcuno ricorda di aver visto Gabelli da quelle parti la notte in cui è andato a Clam Pass. Vediamo se qualcuno si ricorda di Stewart che esce nel cuore della notte, qualcuno che porta a spasso il cane o qualcosa del genere. Qualsiasi cosa troviamo, anche se circostanziale, aiuterà a mettergli più pressione».

Vargas disse: «Sembra un piano. Ancora niente sulla vecchia auto di Stewart?»

«No. Il concessionario l'ha tenuta nel suo piazzale per un paio di mesi e non si è mossa, quindi l'hanno venduta a un'asta in Georgia. L'ha comprata un grossista della Pennsylvania e se l'è tenuta per un mese prima di venderla a un concessionario del Massachusetts. Comunque, la stanno rintracciando. Dovremmo avere qualcosa a breve.»

«Non ho molte speranze. Stewart sembra attento, anche se ha fatto una cazzata con la storia del vicino che ha preso in prestito la macchina.»

«Forse, ma il vicino aveva già preso in prestito la Cube un paio di volte. Potrebbe aver confuso le date.»

«Ma per quanto riguarda la voce secondo cui avrebbe una tresca con la moglie dello sceriffo, che mi dici?»

Scossi la testa. «Abbiamo solo bisogno di un colpo di fortuna, tutto qui, e ce ne spetta uno da un pezzo.»

LUCA

Gli agenti di polizia di Somerville, Crowley e Spear, si fermarono al numero 81 di Gilead Street. Scesero dall'auto e scrutarono il vialetto che portava all'abitazione. I due si fecero un cenno d'intesa e salirono le scale traballanti della casa risalente ai primi dell'Ottocento.

Bussarono e ad aprire fu una donna sulla quarantina inoltrata, in tenuta da ginnastica, che stava mangiando una banana. Gli agenti si presentarono e chiesero: «Signora, è Lei la proprietaria di una Nissan Cube bianca del 2010?».

La donna sbiancò in volto. «Sì, è l'auto di mio figlio. Perché?».

L'agente Crowley porse un foglio di carta alla donna. «Abbiamo un mandato di sequestro. Siamo qui per prelevare la vettura».

Lei si appoggiò allo stipite della porta, lasciando cadere la banana. «Che cosa ha fatto?».

«Non crediamo che abbia fatto nulla. La vettura è ricercata in relazione a un caso che coinvolge un precedente proprietario».

«Quindi non ha niente a che fare con noi?».

«Non crediamo, signora».

«Oh, grazie a Dio».

Un carro attrezzi si fermò rombando davanti alla casa.

«Dobbiamo prendere l'auto».

«Quando ce la ridarete? Gli serve per la scuola. Va al college, sa».

«Le daremo una ricevuta dopo averla caricata sul carro attrezzi e sopra c'è un numero da contattare. Può chiamare quel numero più tardi, in giornata. Le forniranno tutti i dettagli».

I vicini si erano radunati in strada per assistere al caricamento della Nissan sul carro attrezzi. Mentre quello si allontanava lentamente fino a scomparire, la madre si avvicinò ai vicini, spiegando le insolite circostanze.

LUCA

S TEWART SOLLEVÒ LE MANI AMMANETTATE. «M E LE TOGLIETE?»
Inizialmente volevo ammanettarlo con le mani dietro la
schiena, ma Vargas mi aveva ricordato che doveva avere
accesso al suo inalatore. Lasciare un prigioniero in manette
era una tattica controversa che non avevo mai usato. Con
Stewart, scommettevo che sarebbe servita a farlo crollare.

Il controllo ce l'abbiamo noi, non tu, Dom.

Dissi: «Nuove regole di sicurezza. Non possiamo toglierle.
Ma quello che posso fare è ammanettarLe un braccio al
tavolo, se preferisce».

«Lo faccia, allora».

Dissi a Vargas di iniziare, e lei enunciò le formalità di rito
per la registrazione mentre io sistemavo le manette.

Mi sedetti accanto a Vargas. «Signor Stewart, era a Clam
Pass la notte della scomparsa di Philip Gabelli?»

«Può darsi. È passato tanto tempo».

«Abbiamo un filmato della sua Nissan Cube bianca nel
parcheggio».

«Come ho detto, è passato tanto tempo».

«In precedenza Lei ha dichiarato che, siccome era la notte in cui Gabelli scomparve, aveva un... come hai detto, detective Vargas?»

Disse Vargas: «Credo 'ricordo chiarissimo'».

Dissi: «Esatto. Se vuole, possiamo farglielo riascoltare».

Disse Stewart: «Ero stressato. Potrei essere stato lì quella notte per un appuntamento».

Dissi: «Quindi, siamo di nuovo alla scusa dell'appuntamento».

«Non è una scusa».

Disse Vargas: «La persona con cui aveva appuntamento l'ha incontrata lì?»

Dove voleva arrivare? Dalla faccia di Stewart capii che era confuso quanto me.

«Cosa intende con 'incontrata lì'? È una specie di trucco della polizia?»

Disse Vargas: «Non è una domanda a trabocchetto, signor Stewart. È una domanda semplice. La persona con cui aveva appuntamento l'ha incontrata a Clam Pass Park?»

«No, siamo partiti da Campiello's, mi pare, e siamo andati al parco insieme».

«Interessante» disse Vargas.

«Cosa c'è di così interessante?»

Disse Vargas: «Il filmato che abbiamo indica chiaramente che Lei era solo nella Nissan Cube quando è entrato nel parcheggio».

Cosa? Vargas stava bluffando. Adoravo la cosa, ma se l'avvocato di Stewart l'avesse scoperto, le avrebbe chiesto qualche spiegazione.

«Non so cosa stia cercando di dimostrare, detective. Che importanza ha se ci sono andato da solo?»

Dissi: «Allora cosa ci faceva a Clam Pass a quell'ora di notte?»

«Non riuscivo a dormire, sono andato a fare una passeggiata».

Dissi: «Dovrebbe cercare di essere coerente. Non fa una bella impressione se continua a cambiare versione».

Disse Vargas: «Lo so, una passeggiata aiuta a dormire. Quindi, quella notte era a Clam Pass per fare una passeggiata?»

Stewart annuì e fece una profonda boccata dal suo inalatore per l'asma.

Disse Vargas: «Signor Stewart, potrebbe per favore rispondere a voce?»

«Ero lì, ma che importanza ha? Avrete bisogno di ben altro per incastrarmi per l'omicidio di Phil».

«Curioso che tu lo dica, non trovi, Mary Ann?»

Disse Vargas: «Non so quanto il signor Stewart lo troverà divertente, ma vuoi dirglielo tu o lo faccio io?»

Odiavo rinunciare al colpo di grazia, ma era stata magistrale nel tendergli la trappola. Dissi: «A te l'onore».

Vargas unì le mani a cuspide e tamburellò con le dita per venti lunghi secondi. Le spalle di Stewart si afflosciavano a ogni colpetto. Dovetti schiarirmi la gola per farla proseguire.

Disse Vargas: «Quello che *abbiamo*, signor Stewart, è una solida prova forense che Philip Gabelli era nella sua Nissan Cube».

Stewart scattò in piedi. «Siete dei geni, lo sapete?» Sorrise. «Certo che c'è del DNA di Phil, o che so io, nella mia macchina. Dimenticate che eravamo migliori amici? È salito in auto con me decine di volte e, ehi, per la cronaca, anch'io sono salito spesso nella sua».

Dissi: «La detective Vargas è più intelligente di me, ma non ci vuole un genio per catturare un assassino. Solo vecchio lavoro di polizia e un pizzico di scienza».

Stewart sbatté rapidamente le palpebre mentre si inumidiva le labbra.

Disse Vargas: «Sa spiegare come mai nella sua auto siano state trovate l'urina e il sangue di Philip Gabelli?»

«Quel tizio mi ha pisciato in macchina?»

Dissi: «Al momento della morte, il signor Gabelli ha rilasciato una piccola quantità di urina che è stata trovata sul suo sedile del passeggero».

«È una pazzia. Phil potrebbe aver avuto una perdita in qualsiasi momento, tipo quando ci siamo fermati mentre andavamo al casinò».

«E il sangue trovato nel vano piedi del passeggero?»

«Non so, sangue dal naso?»

«Molto bene. La terbutalina aumenta drasticamente la pressione sanguigna, provocando epistassi. Le emorragie capillari riscontrate nella cavità nasale del signor Gabelli sono compatibili con un'epistassi.»

«Si sta arrampicando sugli specchi.»

Vargas disse: «Temo che si sbagli, signor Stewart. Sapeva che la secrezione di fluidi da una persona deceduta è chimicamente diversa da quella di una persona viva?»

Stewart si irrigidì.

Cosa aveva appena detto? Dovetti rielaborare la frase. Rimasi colpito dal modo astuto in cui Vargas l'aveva posta. Dissi: «Sei spacciato, Stewart». Mi voltai verso la mia partner. «Sai una cosa, Vargas? Ancora non riesco a capire perché Robin si sia fatta anche solo una scopata con questo tipo. Tu che ne pensi?»

Stewart scosse la testa. «Tu non la conosci come la conosco io. Non sai niente di lei, né di me.»

Dissi: «So che Robin è una ragazza piuttosto altolocata. Una dei quartieri alti, come le chiamavamo su nel Jersey. Voi due non avete niente in comune».

«Siamo più simili di quanto pensi. Meritava più di quello che Phil le dava. Cavolo, la trattava come uno straccio. Come poteva farle una cosa del genere? Lei ha tutto.»

Dissi: «Robin è una donna intelligente e affermata. Una professionista che guadagna un sacco di soldi. Se anche voi due avete avuto qualcosa una volta, e ne dubito, non sarebbe mai durato. Tu sei di Serie C, Stewart, al massimo di Serie B. Lei gioca in Serie A».

Stewart sorrise. «Non hai capito niente. Robin mi ha detto che eravamo anime gemelle, che nessuno la capiva come me. Avevamo un legame speciale.»

Dissi: «Solo quando aveva bisogno di te. Non lo capisci? Robin ti ha usato. Si sentiva sola. Sei stato il suo orsacchiotto per una notte. Tutto qui».

Stewart aspirò avidamente dal suo inalatore e io continuai.

«Sai cosa ci ha detto, Dom? Robin ha detto di essersi pentita subito di aver avuto una scappatella con te.»

«È impossibile che l'abbia detto.»

Vargas intervenne: «È vero. Ero presente quando l'ha detto».

«Non è quello che mi ha detto dopo che siamo stati insieme. Ha detto che era stato speciale.»

«Ti stava mentendo, Dom. Ti disprezzava, odiava il modo in cui la seguivi in ogni sua mossa. Vero, Mary Ann?»

Vargas disse: «Il modo in cui Robin l'ha messa è che la stavi soffocando».

«Soffocando? Sono stronzate. Non so perché si sia rivoltata contro di me. Io e Robin eravamo perfetti insieme. Phil era solo un peso per lei. Le succhiava la vita e, per di più, sperperava i suoi soldi. Io non le avrei mai fatto una cosa del genere. Mi sarei preso cura di lei, l'avrei protetta. Non avremmo avuto bisogno di niente da nessuno. Avremmo avuto tutto. Guarda casa sua, cavolo, che posto in cui vivere, e sai una cosa? Ce l'avevo quasi fatta. Il mio piano era buono.»

Dissi: «Parlaci del piano, Dom».

Vargas disse: «Sa, abbiamo indagato a fondo, e non c'è dubbio che Phil Gabelli fosse un marito terribile».

Stewart disse: «A chi lo dice. Per prima cosa, ho cercato di convincere Phil ad andarsene. Ho provato a ragionare con lui, ma era testardo. E Robin... non so perché diavolo non se ne sia andata. La stava rendendo ridicola. Continuamente».

Dissi: «Perfino le persone con cui lavorava sapevano che correva dietro a ogni gonna. Era imbarazzante per lei».

Stewart disse: «Era disgustoso. Avrebbe dovuto pregarmi di toglierlo di mezzo».

Vargas disse: «Forse se avesse saputo che è stato lei a togliere di mezzo suo marito traditore, avrebbe visto le cose in modo diverso».

«Crede?»

Vargas disse: «Assolutamente. Sono una donna e so come ragiona Robin».

Le spalle di Stewart si afflosciarono. «Non ho mai pensato di dirglielo, ma era comunque un buon piano.»

Dissi: «Era un piano geniale. Avevamo quasi rinunciato a prenderti».

Vargas disse: «Perché non ce ne parla?»

Stewart rivelò di aver iniziato a elaborare il suo piano dopo che Phil lo aveva messo in imbarazzo di fronte a una donna con cui stava facendo progressi. Una volta finalizzato, Stewart decise di attuarlo dopo una serata in una sala da biliardo, quando Phil scomparve in un bagno con una sgualdrina. Dopo l'incontro sessuale, Phil fece infuriare ulteriormente Stewart parlando male di Robin a un gruppo di ragazzi durante un torneo di biliardo. La combinazione delle due cose spinse Stewart a escogitare il piano.

La trama mortale non era esattamente come pensavamo, ma ci eravamo andati vicino. Stewart aveva invitato Gabelli a casa sua per vedere una partita dei playoff di hockey e, in preparazione, quella mattina aveva frantumato una manciata di pillole. Aveva poi sciolto parte della polvere in ciascuno dei due vodka e cranberry che Gabelli aveva bevuto. Con il cuore a mille, Gabelli andò nel panico e Stewart disse che lo avrebbe portato in ospedale.

Salirono sulla Cube di Stewart, che era in garage. Stewart aveva in macchina due siringhe ipodermiche cariche di terbutalina e le affondò entrambe contemporaneamente nella coscia di Gabelli. Gabelli non capì mai cosa lo avesse colpito e soccombette rapidamente a un arresto cardiaco.

Morto Gabelli, Stewart reclinò il sedile e avvolse il corpo nella plastica. Poi abbandonò l'auto di Gabelli a Lehigh Acres e attese un paio d'ore prima di gettare il corpo a Outer Clam Bay.Chiarimmo un altro paio di punti per assicurarci di averlo in pugno prima di chiudere la faccenda.

———

DOPO CHE STEWART fu accompagnato in una cella, Vargas e io incontrammo il procuratore distrettuale, consegnandogli la confessione e le prove che avevamo raccolto. Togliere dalla circolazione uno psicopatico come Stewart avrebbe dovuto essere una bella sensazione, ma la cosa mi lasciò inquieto. Se non si era al sicuro con un amico di una vita, dove lo si poteva essere?

C'era un abisso tra il rimorso e il rammarico. Stewart non mostrava alcun segno di rimorso, solo il rammarico che il suo piano fosse stato rifiutato da Robin. Sapevo che quel pazzo avrebbe cercato di patteggiare per ottenere una condanna più lieve, ma da questo detective non avrebbe avuto alcun aiuto.

Non vedevo l'ora di fare una passeggiata sulla spiaggia. Aiutava sempre a elaborare le cose dopo un caso del genere, ma prima di mettere piede sulla sabbia c'erano due cose che dovevo fare. La prima non vedevo l'ora di affrontarla, l'altra mi agitava. Kayla aveva detto che era libera il weekend successivo, il che era perfetto, dato che era il turno di reperibilità di Vargas. Mi sarebbe piaciuto prendere un giorno di ferie e organizzare un viaggio da giovedì a domenica, ma non sarebbe stato correre un po' troppo? Non ci eravamo più visti dalla sera al Baleen, quando ero svenuto. Ed era stato il nostro primo appuntamento.

Rendendomi conto di stare correndo un po' troppo con la fantasia, limitai la ricerca di voli e hotel al solo weekend. Dopo aver controllato, ci misi più del previsto a comporre un messaggio per Kayla prima di prenotare qualsiasi cosa.

Nervoso all'idea che potesse deludermi, salii le scale per andare dallo sceriffo Liberi, a cui era stato diagnosticato un linfoma. Io e Liberi ci rispettavamo e avevamo sviluppato un buon rapporto. Gestiva le responsabilità del suo ufficio in modo impeccabile e si era fatto in quattro per aiutarmi ad ambientarmi quando ero entrato nel dipartimento. Fu una delusione apprendere che stesse pensando di andare in pensione per affrontare la sua malattia.

Lo sceriffo era scosso dalla diagnosi e chi poteva biasimarlo? Se c'era qualcuno che poteva capirlo, quello ero io. Sentivo il dovere di provare a calmarlo, ma l'idea di parlare di cose che non avevo ancora superato mi rendeva irrequieto.

Mentre uscivo dal vano scale, la paura di non essere all'altezza del compito cominciò a farsi strada nella mia testa.

Mi infilai nel bagno degli uomini e iniziai a provare un paio di frasi da dire a Liberi, quando il telefono trillò. Era un messaggio di Kayla. Aprii il messaggio ed espirai: il weekend si faceva. La notizia mi rincuorò, dandomi il coraggio di confortare e sostenere un amico. Mandai una faccina sorridente a Kayla e andai a cercare lo sceriffo.

———

SPERO SINCERAMENTE che la lettura di questo libro vi sia piaciuta tanto quanto a me è piaciuto scriverlo. Se così fosse, apprezzerei molto una breve recensione su Amazon o sul vostro sito di libri preferito. Le recensioni sono fondamentali per qualsiasi autore, e anche solo una o due righe possono fare un'enorme differenza. Grazie, Dan.

Visita il sito di Dan: http://danpetrosini.com/

La serie di misteri di Luca

Segreti pieni di suspense

L'ARTE DELLA VENDETTA

ALTRE OPERE DI DAN PETROSINI

Dan è un autore di bestseller per USA Today e Amazon che ha scritto la sua prima storia all'età di dieci anni e ama raccontare storie o barzellette.

Dan trae le idee per le sue storie esplorando la domanda: e se?

In quasi ogni situazione in cui si trova, Dan si chiede cosa succederebbe se accadesse questo o quello. E se questa persona morisse o facesse qualcosa di insolito o illegale?

Questo suo continuo lavorio mentale fornisce a Dan abbondante materiale da intrecciare in storie interessanti.

Amante di libri e film con colpi di scena e difficili da prevedere, Dan costruisce le sue storie in modo da impedire ai lettori di indovinarne lo svolgimento. Scrive ogni giorno, forzando le parole a uscire quando necessario, e a oggi ha scritto più di venticinque romanzi.

Non è una questione di voler scrivere, per Dan è semplicemente una necessità.

Dan crede fermamente che le persone possano realizzare i propri sogni se si concentrano e agiscono, ed è proprio ciò che incoraggia a fare.

Il suo detto preferito è: «Il prezzo della disciplina è sempre inferiore al costo del rimpianto»

Dan ricorda alle persone di eliminare la negatività dalle proprie vite. Crede che sia contagiosa e consiglia di stare alla larga dalle persone negative. Sa che avere una mentalità autentica e positiva dà la sensazione che la vita sia truccata a proprio favore. Quando si sente giù, si dice: «Non si può avere una bella giornata con un brutto atteggiamento».

Sposato, con due figlie e un Maltese bisognoso di attenzioni, Dan vive nel sud-ovest della Florida. Originario di New York, Dan ha insegnato nei college locali, scrive romanzi e suona il sassofono tenore in diverse jazz band. Beve anche decisamente troppo vino e non si prende mai, e poi mai, troppo sul serio.

Pubblica una newsletter bimensile con articoli, i suoi scritti e offerte speciali e occasioni imperdibili.

Iscriviti su www.danpetrosini.com